하루 48시간

하루 48시간

발행일 2017년 12월 13일

지은이 장 진 석
펴낸이 손 형 국
펴낸곳 (주)북랩
편집인 선일영 편집 이종무, 권혁신, 오경진, 최예은, 오세은
디자인 이현수, 김민하, 한수희, 김윤주 제작 박기성, 황동현, 구성우
마케팅 김회란, 박진관, 김한결
출판등록 2004. 12. 1(제2012-000051호)
주소 서울시 금천구 가산디지털 1로 168, 우림라이온스밸리 B동 B113, 114호
홈페이지 www.book.co.kr
전화번호 (02)2026-5777 팩스 (02)2026-5747

ISBN 979-11-5987-899-2 03810(종이책) 979-11-5987-900-5 05810(전자책)

이 책은 경남문화예술진흥원에서 발간비의 일부를 지원받았습니다.

이 도서의 국립중앙도서관 출판예정도서목록(CIP)은 서지정보유통지원시스템 홈페이지(http://seoji.nl.go.kr)와 국가자료공동목록시스템(http://www.nl.go.kr/kolisnet)에서 이용하실 수 있습니다.
(CIP제어번호 : CIP2017033111)

하루 48시간

우리의 소중한 일상을 더욱 보람되게 사는 법

북랩book Lab

차 / 례

2장 생각을 잡으며

빈말

여느 아침처럼 눈을 뜨고, 허둥지둥 보따리를 챙겨 세상으로 나온다. 하루해가 어디서 뜨고, 어디로 가는지 느낄 사이도 없이 다시 해는 진다. 어둠이 내리면 집으로 돌아가, 오늘 하루를 잘 살았다고 자신을 달랜다. 내일이 돼서야 눈을 감고, 오늘 아침 눈을 뜬다. 어쩌면 우리가 현대를 살아가는 가장 이상적인 모습일지도 모른다. 이런 일상이.

많은 일을 했지만, 시간이 지나면 아무것도 남지 않는다. 순간을 두 번 살고 싶고, 순간을 영원으로 남기고 싶은 욕심이 생긴다. 인간이 욕심은 끝이 없다지만, 시간 욕심이야말로 최악이자 최고의 욕심이다. 순간을 두 번 사는 사람은 없다. 그나마 작은 위안은 글쓰기이다. 마음과 생각을 남기는 사람은 순간을 두 번 살 수 있지 않을까? 흘러가는 순간의 틈바구니에서 나는 인생의 흔적을 남기며 지금을 두 번 살아보고 싶다.

역사는 기록에서 시작되었다. 기록은 문자에서 시작했고, 문자는 그림에서 시작했다. 다시 역사는 영상으로 기록된다. 영상은 다시 그림으로 이어지고 그림은 다시 문자로 발현된다. 이 순간을 두 번 살고 싶다면 기록하자. 영상이든, 그림이든, 글이든. 무엇이 당신의 마음을 사로잡는가?

말을 잘하는 사람이 인기 있다. '침묵이 미덕이다.'라는 말이 지배적일 때가 있었다. 그때는 그랬다. 세상이 변할수록 말을 잘하는 것이 중요해진다. 하지만, 예나 지금이나 변하지 않는 진리는 글쓰기이다. 말은 입 밖으로 나오면 사라져 버리지만, 글은 언제나 남아있기 마련이다. 물론 글도 지워버리면 그만이겠지만 말이다. 말은 세상과의 소통이고 글은 나 자신과의 소통이다. 그렇기에 삶에서 소중한 것이 글쓰기이다. 말은 듣고, 글은 써야 한다. 말은 잘 듣고, 글은 많이 써야 한다. 나의 시간과 생각의 순간을 남겨본다. 그것이 나로 시작하는 참 인생을 사는 최선의 방법이다.

이 책을 읽는 법에 대하여

시간과 생각의 순간을 기록한 글입니다. 글의 종류를 정하여 쓴 글이 아닙니다. 그렇기에 더욱 편안하게 글을 읽을 수 있습니다.

하나. 시간대별로 또는 생각별로 아무 페이지나 펼친다.

하나. 글을 읽고 낙서도 마음대로 한다.

하나. 마음대로 책장을 덮는다.

1 장

시간을 잡으며

이른 새벽
정신이 맑을 때 쓰는 _

따뜻하게 한 모금

나는 자주 말을 한다. 그리고 가끔 글을 쓴다. 그러나 말에도 글에도 자신이 없다. 알 수 없는 그 무엇이 부족하다. 타인의 시선과 평가가 두렵다. 사실이다. 아마 영원히 벗어나지 못할 짐인지도 모른다. 마음과 생각을 정리할 필요가 있다. 타인의 평가를 흐르는 강물에 흘려보낼 용기가 필요하다.

마음을 비워본다. 어려운 일만은 아니다. 내가 아닌 누군가를 위해 살아야 한다면 타인의 마음에 귀 기울이고, 나를 위해 살아야 한다면 나의 마음에 귀 기울이자. 때론 차갑게, 때론 뜨겁게, 그리고 나머지는 따뜻하게.

나에게 넌지시 말을 걸어본다. 나를 위한 한 줄의 글을 쓴다. 행복하다. 오롯이 나를 향하는 말과 글. 나를 담은 말과 글 한 모금을 마셔본다.

장군신이 다녀간 날

집사람이 아는 분 말을 듣고 점쟁이를 찾아갔다더라. 용하다고 하도 자랑을 해서 같이 갔다네. 점쟁이가 말했다네.

"새벽에 남자 둘을 봤는데…."

남자가 오는 줄 알았다네. 그리곤 집사람에게 계속 공부 이야기만 했다네. 진짜 신기한 건 꽤 많은 것을 맞춘다는 거라네. 물론 자긴 본 것만 말한다고 했다네.

"뭐 말하는 게 다 맞더라고."

아내는 점쟁이 말에 완전 넘어갔다네.

"장군신이 화가 났어. 장군신께 고사를 지내지 않았어. 못된 것들. 토신인 장군신이 화가 났어. 손님들하고 너희들만 맛있는 음식을 먹었어."

사실이었지. 얼마 전에 학원을 개원하고 손님들과 식사를 한 적이 있거든.

"고사상에 닭이 두 마리 보여."

나도 깜짝 놀라고 말았지. 그날 삼계탕을 먹었지. 참 신기하게 잘 맞추네. 귀 얇은 내가 혹하고 말았지. 갑자기 고사를 지내야 한다는 믿음이 생겼어.

'근데 고사는 어떻게 지내지? 점쟁이 말대로 200만 원을 들여서 고사를 지내야 학원이 잘 되려나?'

“장군신 님! 뭐! 인간사 다 그렇지만 좀 잘 봐줘요. 항상 뭔가가 부족하니까 살아가면서 채워 가는 거 아니겠소. 늙어 죽을 때가 되면 얼마간의 인간사 알고 가겠지요? 그러니 너무 화내지 마소. 이만 말로 때워도 되겠지요?”

비밀

쉿! 이 세상에서 너와 나만 알아야 해

쉿! 이 세상에서 가장 중요한 말이야

쉿! 아무도 모르지만, 모두가 아는 말

쉿! 비밀이란 말에 비밀이 없다는 말

쉿! 쉿! 쉿!

이상하다

너와 내가 조금 다르다는 것. 그게 이상한가? 너와 내가 같다면 그게 더 이상하지 않을까? 너는 너이고, 나는 나인데. 우리가 같다면 더 이상하잖아. 너와 내가 달라도 하나도 안 이상하다.

하루살이

하루살이가 얼마나 살지?
하루살이니까 하루 살지
하루살이가 일주일이나 산데
하루살이가 어떻게 일주일이나 살아?
하루살이가 하루만 살면 너무 억울하니까
그래도 하루살이는 너무 빨리 죽어.

아침 눈을 뜨면서 이불을 걷어 내는 행복은 어디에서 시작하는 것일까? 아직은 내가 눈을 뜰 수 있다는 다행과 아직은 내 몸을 움직일 수 있다는 그 놀라운 사실에서 하루의 행복은 시작이다. 하지만 나는 늘 눈을 비비며 입버릇처럼 말을 한다.

"아, 피곤하다. 일어나기 싫다. 어제 너무 열심히 일했어."

일어나야 나의 하루는 시작되고, 나의 삶도 다시 살아 움직인다는 사실을 너무도 잘 알고 있으면서도, 이따위의 비겁한 변명으로 어제를 열심히 살았다는 과거에 살고 있다. 치사하면서도 억울한 일이다. 지금의 행복을 느끼지도, 감사하게 생각지도 않고, 지난 시간에만 만족하면서, 때론 지난 시간조차 탄식으로 보내버리는 못난 내 모습을 발견한다.

"애들아, 일어나자. 이제 챙기고 학교 가야겠다."
"벌써 다 챙겼어요."

이래저래 하루의 시작이 상쾌하진 않다.

바쁘게 산다고 행복하다거나 시간을 잘 보내는 것은 아니다. 살아있는 매 순간을 소중히 생각하고 그 순간 자체에 감사하는 데서 행복은 시작한다. 내가 늙었다는 생각은 지난 시간을 덧셈하는 데서 온다. 다가올 시간을 셈하면서 아직 젊다고 생각한다. 그런데 정작 지금을 셈하지 않는다. 지금은 셈할 수조차 없을 만큼 소중한데, 그 소중함을 잊고 사는 것은 아닐까? 우리에게 주어진 하루는 하루살이에게 주어진 하루와 얼마나 다를까?

예정

정해진 대로 살아야 한다면 미래를 볼 수 있는 능력을 가진 바와 다르지 않다. 이미 우리 삶을 정해놓았기에 그렇게 살아야 하기에. 예정된 일을 엎을 수 있어야 한다. 그것이 우리 인생과 가장 닮았다. 그러나 우리는 일정에 맞춰 예정된 채로만 살아간다. 그렇게 현대인의 인생은 이미 짜 맞춰진 다이어리와 같다. 나는 어떤 삶을 살고 싶은가? 내일 비가 올 것인가, 걱정하는 농부의 마음이 진짜 사람의 인생일지도 모른다.

월급

왜 한 달에 한 번일까?
왜 날짜를 정해놓았을까?
누구의 기준일까?
누군가의 편리함에 맞춤 셈법이라면
나는 왜 그렇게 맞추고 살까?

힘든 일

쉬운 일은 가볍게 해낼 수 있다
애써 마음을 다하지 않아도 되는 일
그러기에 쉽게 잊히는 일

힘든 일은 의미가 있다
애써 마음을 다해 정성을 쏟는 일
그러기에 더욱 소중한 힘든 일

반복

별거 아니라 생각하겠지. 지루하게 반복되는 일상이. 그런데 진짜 실력은 끊임없는 반복과 반복으로 저절로 몸에 배어, 내 것이 되는 것. 오늘부터 다시 반복이다.

안개

걷힐 듯 걷히지 않는 흐릿한 안개와
보일 듯 보이지 않는 희미한 앞길과
읽힐 듯 읽히지 않는 복잡한 상념과
잡힐 듯 잡히지 않는 애잔한 마음은
내 안에서 엉기고 내 안에서 걷힌다.

혼자 밥 먹기

혼자서 밥 먹고, 혼자서 놀고, 혼자서 잠자는 혼자 인생이 유행이란다. 그래도 일은 함께하면 성과가 좋다며 집단지성을 논하곤 한다. 사는 것은 혼자, 일하는 것은 같이. 그런데 말이야. 혼자 밥 먹고 사는 게 흔해 빠진 일상이 되었다고 하지만, 혼자 밥 먹는 게 새로운 사회 현상일까?

자식 먹여 키우고, 공부시켜 객지로 보내고 나니 늙은 어미는 외로이 빈 둥지를 홀로 지켰다. 이제나저제나 내 새끼 언제 한번 오려나? 텅 빈 곳에서 홀로 기다릴 뿐이다. 새야. 자유로이 날고 싶다면, 새야. 함께 더불어 잘살고 싶다면, 오늘 빈 둥지에 한번 가 보아라. 빈 둥지엔 아직도 떠나간 새끼를 기다리는 어미 새 한 마리가 있을 거야.

조용한 아침을
맞이하면서 쓰는 _

벌렁코

오랜만에 차창이 열렸다. 긴 여름 동안 이 녀석은 문을 꽉꽉 닫아두고, 에어컨 바람으로 더위를 버텼다. 늦더위가 물러가고 어둠이 내리니 녀석이 창문을 열었다. 후덥지근했던 바람이 어느새 시원한 가을바람으로 바뀌고 있었다. 나의 부드러운 머리칼이 멋들어지게 날렸다. 갑자기 코끝으로 휘발유 냄새가 스치더니 부지 간에 기름 분자가 폐 속으로 밀려왔다. 짜릿했지만, 숨이 찼다. 환한 불이 켜져 있는 주유소를 지나는 중이었다. 그런데 이놈은 알지도 못하는지 그저 콧노래를 부르며 천천히 차를 몰았다. 차는 좁은 골목으로 천천히 들어갔다. 어디선가 고기 굽는 냄새가 날렸다. 이 녀석이 일이 늦게 끝나는 바람에 아직도 저녁을 못 먹었다. 뱃속에서 난리가 났다. 녀석의 코에도 고기 향이 어른거렸나 보다.

"와! 어느 집에서 고기 구워 먹나 보다. 맛있겠다. 집에 고기가 좀 남았나?"

녀석이 식욕을 당기는 말을 내뱉었다. 내겐 매일 주는 것을 주겠지, 생각하니 화가 났다. 나도 모르게 고함을 쳤다.

"야, 얼른 가서 밥 먹자."

"야, 좀 가만히 있어라. 동네 시끄럽잖아."

"넌 배 안 고프냐? 하긴 모르지. 나 몰래 뭘 먹었는지도."
"참, 그 녀석. 알았다. 배고프지? 내 얼른 가서 밥 줄게."
"너는 고기 먹을 거라 좋겠다. 에라이."
"아, 녀석. 가서 밥 준다는데 자꾸 왜 그래?"
고집을 피워봤자 녀석이 내 마음을 알 리가 없다. 내가 물러서는 방법이 더 나을지도 몰랐다.
"그래, 얼른 가서 밥 먹자."
"녀석. 이제야 말이 좀 통하네."
차는 유유히 밤길을 미끄러져갔다. 오래된 동네라 그런지 몇몇 집은 벌써 불이 꺼졌다. 어르신들이 주로 사는 구도심은 늘 이렇게 일찍 불이 꺼졌다. 옛 동네 주택가는 아파트 단지와는 사뭇 다른 풍경이다. 밤이 되면, 동네는 조용한 시골 마을처럼 한적하다.

이제야 굶주린 나의 배를 채우겠군, 늦은 저녁이 벌써 그리워졌다. 순간 큼큼하게 탄 냄새가 바람을 타고 코끝을 스쳤다. 나는 큰 소리로 외쳤다.
"야, 어디 불났어."
그 소리가 제법 커 녀석도 놀란 모양이었다.
"왜 그래? 심장 떨어지게."
"야, 지금 동네에 불이 났다고!"
아직도 오리무중인 녀석에게 더 크게 외쳤다.
"조용히 좀 해라. 쉿. 사람들이 뭐라 한다. 너 태우고 다닌다고."
"야, 지금 불이 났다니까. 여기서 우회전해봐."
"조용히 좀 하라니까. 하필이면 조수석에 태워 가지고."

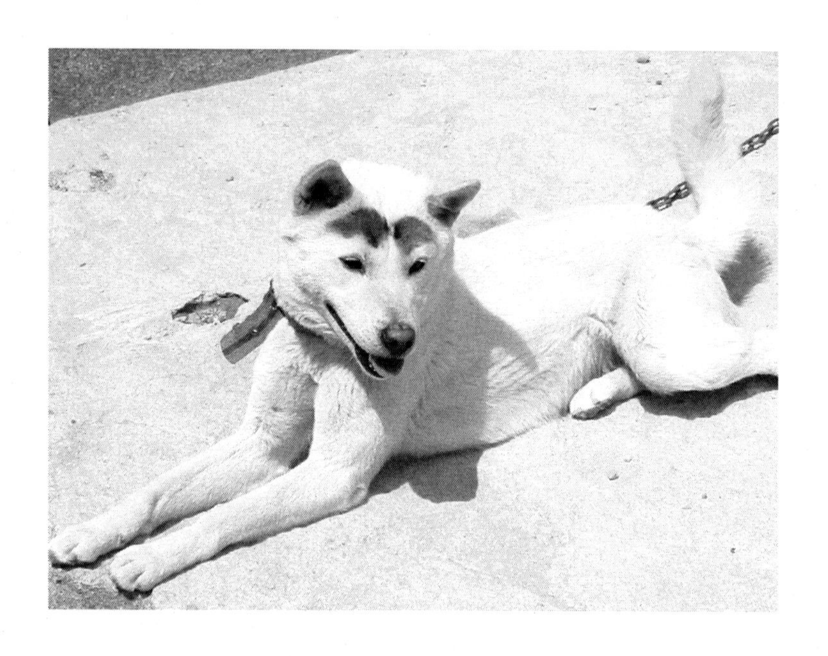

"좀, 내 말 좀 들어라. 우회전, 우회전."

"아 참, 이놈이. 갑자기 왜 이래?"

나를 바라보던 녀석은 갑자기 저 멀리 붉은 불빛을 본 모양이다.

"어어? 저기 불난 거 아닌가?"

녀석은 갑자기 핸들을 확 꺾었다. 주택 2층에서 붉은 불빛이 새어 나왔다. 멀리서는 보이지 않던 검은 연기도 꿈틀대기 시작했다. 나는 녀석에게 다시 한번 소리쳤다.

"빨리 119에 전화해."

불이 난 지 얼마 되지 않았는지 동네는 여전히 조용했다. 아니, 불이 난지 알아차리는 사람이 없는 듯했다. 집 안에는 사람이 있는지 없는지도 모르는 상황이었다. 녀석은 큰 소리로 외치기 시작했다.

"불이야, 불이야, 불이야."

그러곤 침착하게 119에 전화를 했다. 나는 덩달아 큰소리로 외쳤다.

"불이야, 불이야, 불이야…."

역시 불이야, 라는 소리는 전달력이 빨랐다. 어디서 나왔는지 동네 사람들이 뛰쳐나오기 시작했다.

"어, 저기 영희 할머니 계시는데."

한 아주머니가 발을 동동 굴렀다. 동네 사람들도 난리였다.

"영희도 있을 거야. 빨리 가 보자."

사람이 있다는 말에 녀석이 갑자기 집으로 뛰어들었다. 오래된 집이라 나무로 된 대문이었다. 문을 부수고 들어가기는 어렵지 않았다. 녀석이 문을 부수자 나는 녀석보다 먼저 2층으로 달렸다. 이 층 문은 잠겨 있었다. 녀석이 쏜살같이 달려와 유리를 부수고 현관문을 열었다. 눈에 보이는 방으로 뛰어 들어갔다. 할머니가 이불 속에서 숨을 헐떡이고 있었다.

"얼른, 얼른, 할머니 모시고 빨리 나가."

나는 있는 힘을 다해 외쳤다. 불은 순식간에 번져 손을 쓸 수가 없었다. 오래된 집이라 벽도 나무였다. 할머니가 사는 집에서 소화기를 찾는 희망은 애당초 버려야 했다. 다행히 불이 더 커지기 전에 할머니를 모시고 나올 수 있었다. 할머니는 비몽사몽 간이었다.

"아이고, 할머니. 진짜 다행이에요."

"몸은 괜찮습니까?"

"빨리 할머니를 병원에 모시고 가야 하는데."

"119는 왜 이리 안 와?"

동네 사람들은 저마다 발을 동동 구르고, 난리를 쳤다.

"119 오기 전에 물이라도 가져와요."

"그래요. 그렇게라도 합시다."

"위험하니 오히려 피하는 게 더 나아요."

"언제 무너질지 모른다고요."

"그런데 1층에 사는 정희네는 어쩌고?"

"정희네는 어제 시골에 간다고 했어요. 아직 안 온 모양이네요."

동네 사람들이 저마다 고함을 치며 각자의 목소리를 높이고 있었다. 사람들의 고함 소리에 할머니가 겨우 정신을 차리며 힘겹게

입을 열었다.

"작은 방에…, 영희가…."

"영희가 작은 방에 있대요."

한 아주머니가 나보다 큰 소리로 외쳤다.

"야, 얼른 들어가!"

나는 있는 힘껏 녀석을 향해 소리를 질렀다. 그을음으로 얼굴이 새까매진 녀석은 불길이 더 치솟는 2층을 보며 망연자실하고 있었다. 사람들도 발만 동동 굴렀다.

"이런."

나도 모르는 사이에 나는 벌써 2층 현관문 앞에 있었다. 영희가 있다는 방으로 들어가야 했다. 마른 나무 벽은 벌써 절반이나 타고 말았다. 부엌과 거실이 하나로 된 작은 2층 집이 그렇게 넓어 보일 수가 없었다. 할머니가 있던 방 맞은편에 문이 빼곡 열린 방이 보였다. 불길은 벌써 거실 천장까지 번졌다. 그래도 내가 들어갈 수는 있을 듯했다. 방으로 들어가니 유치원생쯤으로 보이는 꼬마가 정신을 잃은 채 누워 있었다. 내가 아이를 들고 나오기에는 무리가 있었다. 나는 아래를 내다보고 큰 소리로 말했다.

"야, 내가 끌고 나올 테니 네가 좀 올라와. 현관문까지만 오면 되겠어."

녀석은 내 말을 한 번에 알아들었는지, 급하게 이 층으로 올라오고 있었다.

"어, 어, 어…?"

"저, 저, 저…?"

동네 사람들의 탄식을 뒤로하고 녀석은 재빨리 몸을 움직였다.

나도 더 이상은 머뭇거릴 수가 없었다. 이놈의 벌렁코가 덕이 될지 해가 될지는 모르겠다. 나는 이를 악물고 꼬마의 옷을 물고 끌었다. 꼬마는 천천히 끌려 나왔다. 현관문 앞에 다다르자 녀석이 꼬마를 달랑 들어 업고 일 층으로 내달렸다.

"아이고, 우리 영희야."

정신도 없는 할머니는 새어나오는 울음을 멈추지 않고 꼬마를 껴안았다. 영희는 아직도 숨을 제대로 쉬지 못하고 있었다.

녀석은 영희의 두 어깨를 두드리며 소리를 질렀다.

"영희야, 영희야. 정신 차려봐."

"얼른 인공호흡을 해. 얼른."

내가 다급하게 외치는 순간 녀석은 꼬마의 코를 막고, 기도를 유지한 채, 입에 바람을 두 번 불어넣었다. 그리곤 한 손으로는 꼬마의 고개를 뒤로 젖히고, 한 손으로 가슴 부위를 여러 번 눌렀다.

"하나, 둘, 셋…, 스물일곱, 스물여덟, 스물아홉, 서른."

다시 꼬마의 입에 바람을 두 번 불어넣고, 가슴을 눌렀다. 순간 영희가 숨을 쉬기 시작했다. 녀석의 재빠른 심폐소생술이 빛을 발하는 순간이었다. 사람들도 모두 안도의 한숨을 쉬며 녀석을 향해 박수를 보냈다. 녀석은 슬그머니 뒤로 물러났다. 할머니는 영희를 부둥켜안고 울었다. 그 사이에 119대원들이 도착했다. 소방차가 내뿜는 물줄기에 2층 작은 집의 불은 순식간에 꺼졌다. 119대원들이 앰뷸런스에 할머니와 영희를 태우고 급하게 병원으로 떠났다. 정신이 하나도 없었다. 녀석은 조용히 뒤로 물러났다.

그리곤 아직도 시동이 걸려있는 차에 올라탔다.
"아이고, 정신이 하나도 없네. 콜록."
"짜식, 내가 지금까지 너 본 중에 제일 멋있었다."
"시끄럽다. 동네 사람들 다 몰려오겠다."
"야, 칭찬을 하니까 부끄러운가 보군. 하하하."
"녀석, 그래도 네 벌렁코 아니었으면 큰일 날 뻔했다. 네 벌렁코가 오늘 주인공이다. 하하."
녀석의 호탕한 웃음이 차 안에 번졌다.
"아이코, 저 개하고 청년 아니었으면 어쩔 뻔했어?"
"저 청년도 대단하지만, 개도 정말 멋지지 않아?"
우리는 조용히 현장을 빠져나와 집으로 왔다. 오늘은 유난히 밥맛이 끝내줄 것 같은 하루다. 아마 오늘은 녀석이 내게도 고기 좀 주겠지, 하는 생각에 벌써 기분이 좋다.

봉오리

문득 스치다 바라본 아직 피지 않은 너
이미 피었다면 네 아름다움을 탄식하며
서서히 지는 널 붙잡고 슬퍼했을 거야

아직 피어나지 않은 꿈을 머금은 너
지금 보아서 다행이라며 마음 다독이며
서서히 피는 널 붙잡고 기뻐하는 거야

설렘과 기대, 심장에서 뿜어 나오는 핏줄기처럼
동맥을 타고 손끝 발끝에 짜릿함을 남기는 까닭은
미완의 아름다움이란 사실을 알았기 때문이야.

아빠와 어머니

황사와 미세먼지가 도심의 공기를 가득 메웠다. 수많은 차로 길이 막혔다. 나도 여기에 차 한 대 얹어 본다. 괜히 미안하다. 어제가 어린이날, 오늘은 그냥 토요일, 내일은 그냥 일요일, 그리고 그냥 월요일이 아닌 어버이날. 두 아들을 집에 두고 나서는 발걸음이 가볍지 않다. 독감으로 아픈 아이들만 두고 나오니 마음이 아프다.

'내일은 아이들을 데리고 엄마에게 가야겠다. 독감이니 멀리서 인사라도 드려야지.'

어머니는 내게 단 한 번도 보고 싶다고 오라고 하지 않는다. 방아 찧는다고 고추 심는다고 밭 간다고. 고매 캔다고. 고추 따야 한다고. 일하러 오라고만 전화하신다. 내가 안 보고 싶어서가 아니라 내가 보고 싶으면 일 핑계를 대신다. 언제나 나는 엄마의 막내이다. 언제나 걱정이 끊이지 않는. 엄마의 생이 다하고, 그 다음에도 난 엄마의 복덩이이자 애물덩이다.

어제는 어린이 날이라고 엄마가 전화를 했다.

"애들 데꼬 오데 놀로 갔다 왔나?"

손주들 어린이 날도 챙기는 엄마. 엄마의 막내가 더 늙었다.

옥수수 죽

하나.

맑은 햇살이 빗물 머금은 나뭇잎 사이로 뾰족이 고개를 내밉니다. 나뭇잎에 맺힌 빗물이 똑, 똑, 효정이의 이마에 떨어집니다. 단잠을 자던 효정이는 눈살을 찌푸립니다.

"이 계집애가! 여기서 자고 있었네. 얼른 일어나라. 오후에 할 일이 많다."

엄마의 재촉에 효정이는 벌떡 일어나 주위를 둘러봅니다.

"여기가 어디지?" "어? 이상하네. 첨 보는 곳인데."

"효정아, 밭 매러 가자. 오늘 우리가 메야 하는 밭이 산더미 같단 말이야."

언니 보원이도 재촉을 합니다. 엄마는 효정이에게 희멀건 옥수수 죽을 내밉니다.

"효정이하고 보원인 서둘러 나가야겠다."

엄마는 힘없이 말씀하십니다.

"안 먹어. 이거 뭐야? 엄마, 오늘 왜 그래?"

효정이는 모든 것이 낯설기만 합니다.

"아니, 얘가 자다가 봉창 두드리나?"

"얼른 나가지 않으면 관리인 아저씨한테 혼날지도 모르니 빨리 서둘러. 애들아."

엄마는 이상한 소리를 합니다.

효정이는 멀건 죽을 후루룩 마시곤 언니 보원이를 따라갑니다. 보원이는 효정이를 데리고 산 높은 곳의 밭으로 갑니다. 밭으로 가는 동안 효정인 이상한 생각이 듭니다.

'내가 왜 이런 옷을 입고 언니랑 산으로 가는 거지?'

힘들게 다다른 산골 밭에는 한 여자아이가 있습니다. 하지만 그 아이는 예쁜 옷을 입고 있습니다. 뭘 먹었는지 이 사이에 낀 것을 손으로 계속 빼내고 있었습니다. 언니가 효정이 귀에 대고 소곤소곤 얘기합니다.

"효정아. 쟤, 관리인 딸인데 조심해. 관리인한테 우리가 노는 것을 다 일러바쳐. 그러면 관리인 아저씨는 우리에게 오늘 품삯을 안 준단 말이야."

'이게 무슨 일이지? 난 할아버지 댁에 놀러 온 건데. 그리고 여긴 어디지?'

효정인 이상한 게 너무 많았어요. 그래서 언니에게 이것저것 물어봅니다.

"그게 무슨 말이야? 우리가 왜 밭에 있고, 관리인은 또 뭐지? 그리고 저 아인 왜 저기서 무섭게 우릴 노려보지?"

그때였습니다. 갑자기 그 아이가 앙칼지게 소리칩니다.

"왜 이렇게 꾸물대는 거야?"

"미안, 네 아버지에겐 말하지 마."

보원이가 애처롭게 말하곤 급히 호미를 들고 밭을 매기 시작합니다. 멀뚱히 서 있는 효정이를 본 여자아이는 매몰차게 소리를 지릅니다.

"넌 뭐하는 거야? 얼른 저 둑에 있는 풀이나 베."

"어, 어, 알았어."

효정이는 얼떨결에 옆에 있던 낫을 들고, 밭둑의 풀을 베어 냅니다. 하지만 처음 해보는 낫질이 어렵기만 합니다. 손은 온통 상처투성이가 되고 맙니다.

한참을 일하던 자매는 배가 고파 털썩 주저앉습니다. 그때 관리인 아저씨가 오서 꾸지람을 합니다.

"아니, 요 어린 것들이 벌써 꾀를 부리고 있구먼. 어디 혼나 볼테냐? 오늘 너희들 품삯은 하나도 없으니 알아서 해."

관리인은 톡 쏘아붙이곤 돌아갑니다. 효정이와 보원인 저녁이 다 되어서야 터벅터벅 집으로 돌아옵니다. 집으로 돌아오는 길은 너무나도 길고 힘들게 느껴집니다. 집에 도착하자마자 엄마는 아이들에게 또 다시 옥수수 죽을 주십니다. 효정이의 앙탈은 하늘을 찌르고 맙니다.

"뭐야? 이 죽은 뭔데 자꾸 주는 거야? 밥 좀 줘요."

"그래, 조금만 참아라. 아버지가 오시면 먹을 것을 조금 가져 올지도 모르니 말이야. 휴."

엄마의 한숨은 커져만 갑니다.

"오늘 얘기는 들었다. 애들이 잠시 쉬는 것도 혼내는 참 나쁜 사람이란 말이야. 관리인은."

엄마가 중얼거리십니다.

"엄마, 여기가 어디야? 학교도 안 가고. 이상한 밭에 가서 일만 하고 말이야."

결국에는 효정이가 울음을 터뜨렸습니다.

그때 아버지께서 한 손에 빵을 한 꾸러미 들고 오십니다. 보원와 효정이는 서로 더 많은 빵을 차지하려고 달려갑니다.

"내가 먼저야."

"아냐, 내가 먼저야."

"아니, 이 녀석들이. 아버지도 아직 식사를 못 하셨는데."

엄마가 무섭게 호통을 치셨습니다.

"어디 혼이 좀 나야겠니?"

둘.

"헉."

효정이는 눈을 번쩍 떴습니다. 온몸은 식은땀으로 젖어 있었습니다.

"휴…. 꿈이었네."

꿈에서 깬 효정이는 곧장 할아버지께 달려갔습니다. 이제 초등학교 4학년인 효정이는 여름 방학을 맞아 할아버지께서 계시는 강원도 삼척에 왔습니다. 중학교 1학년인 보원이 언니와 엄마, 아빠와 함께 할아버지를 모시고 서울로 나들이도 갈 계획입니다. 효정이 할아버지는 옛날에 북한에서 살았습니다. 그리고 통일이 되고 나서 이곳 강원도 삼척시로 이사를 오셨습니다.

"예전에 남한과 북한이 서로 분단되어 있을 때, 북한 주민들은 정말 힘들게 살았단다."

할아버지는 가끔씩 손녀들에게 통일이 되기 전 북한에 대하여 말씀을 해주시곤 했었지요. 효정이는 할아버지께 자신의 이상한 꿈 이야기를 했습니다.

"허허. 그래. 네가 꾼 꿈은 어쩌면 예전의 북한의 모습일 수도 있겠구나. 아니면, 대한민국이 적화통일이 되었다면, 그런 모습일 수도 있을 것이야."

할아버지께서 씁쓸한 웃음을 지으십니다.

"할아버지, 적화통일이 뭐에요?"

"효정아, 지금은 우리 대한민국이 아주 평화적으로 통일이 되어 세계에서도 잘사는 나라가 되었잖아. 사람들은 저마다 자신의 의지대로 자신의 삶을 살아가고 말이야. 이런 것을 평화통일이라고 하는 거야. 지금은 통일이 되어 한국도 세계에서 유명하고, 잘 사는 나라가 되었잖아. 하지만 적화통일은 북한이 무력으로 남한을 점령해서 통일을 한 것이지. 적화통일이 되었으면, 우리는 지금처럼 자유롭지 못하고, 이사도 마음대로 못했을 거야. 그리고 네가 꿈을 꾼 것처럼, 아이들은 공부보다는 일을 더 많이 했어야 할 거야." 할아버지 말씀을 들은 효정이는 고개를 끄덕였습니다.

"할아버지, 그럼 지금처럼 우리가 살 수 있는 것은 정말 좋은 거죠?"

효정이가 방긋 웃으며 말했습니다.

"할아버지, 계세요?"

"그래, 어서 오너라."

"할아버지, 어머니가 할아버지 드시라고 감자전을 좀 만드셨어요. 드셔보세요."

아이의 손에 들린 동그란 쟁반에는 김이 모락모락 나는 감자전이 있었습니다.

"어. 할아버지, 저 아이 제가 꿈에, 꿈에서 본…." 효정이는 말을 잇지 못하였습니다.

"그러니까, 관리인 아저씨의 딸이었던…."

"허허, 거 참, 신기하구나."

할아버지가 너털웃음을 지어셨습니다.

"서로 인사해라. 이쪽은 세영이라고 한단다. 옆집에 사는 데 얼마 전에 함경도란 지역에서 여기로 이사를 왔단다."

"세영아, 이쪽은 할아버지 손녀 효정이란다."

"너희 둘 다 초등학교 4학년이니까 친구구나. 허허."

할아버지는 저에게 살짝 눈치를 주셨습니다.

"어, 안녕. 만나서 반가워. 난 효정이야. 지금 서울에서 잠시 온 거야."

"그래, 난 세영이. 함경도에서 이사를 왔어. 친하게 지내자."

"자. 그럼 맛있는 감자전을 한번 먹어 볼까?"

할아버지는 천천히 젓가락을 들어 올리십니다.

"효정이도 한번 먹어 보거라. 세영이 엄마가 부쳐주는 감자전은 꼭 옛날 맛이 난단 말이야."

할아버지가 감자전을 한 입 건네주십니다.

"음. 맛있어요. 할아버지."

효정이가 활짝 웃었습니다.

"효정아. 지금 우리 텃밭에서 감자 캐고 있는데 같이 가볼래?

"그래, 재미있겠다. 가보자"

"보원이 언니, 같이 감자 캐러 가자."

효정이가 언니를 재촉합니다.

"응."

"할아버지, 다녀오겠습니다."

셋은 세영이네 텃밭으로 갔습니다. 세영이 부모님께서 반갑게 맞아 주십니다.

"그래, 네가 옆집 할아버지 손녀구나. 반갑다. 오늘 저녁에는 모닥불 피우고, 다 함께 감자를 구워 먹자. 어때?"

세영이 아버지가 웃으며 말씀하셨습니다.

"네."

아이들의 우렁찬 대답 소리가 하늘로 높이 올라갔습니다.

기역에서 히읗까지

ㄱ(생산의 도구)

낫 놓고 기역 자도
모른다는 우리 엄마

엄마 허리가
기역 자가 되었다.

ㄴ(생산자도 잠시 쉬자)

너와 내가 한 끗발 차이라면
기역과 니은도 한 끗발 차이다.

ㄷ(우리가 사는 집)

우리가 사는 집
포근하게 감싸듯
그러나
언제나 한 곳은
열어 둔 우리 집.

ㄹ(도구와 도구의 만남)

기역과 니은이 절묘하게 만나
그 사이를 살짝 이어 놓아

우리의 생명을 이어준다.

ㅁ(우리의 입)

먹고 사는 일이 제일 먼저다
잘 먹고 잘사는 게 제일 좋다면
우리는 입부터 잘 놀려야 한다.

ㅂ(입에서 코까지)

숨 쉬는 일도 무시할 수 없다
우리는 그렇게 모든 것과
더불어 살아갈 뿐이다.

ㅅ(솟아 오른 그 무엇)

산은 산이랬다
우리 마음에 솟아난 것은 무엇이고
우리 세상에 솟아난 것은 무엇인가.

ㅇ(하나로 만난 그 무엇)

동그라미가 뜻하는 것을 물어 무엇 할까

ㅈ(솟아올라 반듯한 그 무엇)

솟아올라도 세월이 지나면 깎이게 마련
잘났다 까불어도 늘 세월의 힘에 지고 말 것

ㅊ(솟아나고 싶은 인간의 욕심)

솟아나고 깎여도 그 위에 방점 하나
찍고 싶은 사람의 마음이야.

ㅌ(우리 집도 복잡해지다)

식구는 늘어나고
집도 조금씩 나눠지듯
세상은 점점 복잡해졌다.

ㅍ(복잡은 복잡을 낳는다)

세상이 복잡하다고
말까지 복잡할까 싶지만
그런 게 세상 이치

ㅎ(하나 되어 하하)

이래도 저래도 웃고 살아야
살아가는 낙이 있지 않을까.

충고

말하지 못했다
진실은 이렇다고

돌아보니 잘했다
말하지 않은 것이

충고는 자신에게나
어울리는 법이다.

스승과 제자

누군가를 가르치려 말자
모든 사람에게 배우는 것이 있으니
스승과 제자는 다름이 없다
서로는 서로에게 배우기 마련인데
이 시대는 가르침에 목말라 있다
늘 내가 배우면
함께한 사람도 배우게 될 것이고
늘 내가 실천하면
함께하는 사람도 실천하게 될 것이다.

헤어스타일

머리칼을 길러볼 요량이었다. 하지만 머리카락을 기르는 데는 시간과 노력이 들며, 귀찮음까지 동반한다는 사실을 알면서도 잊고 살았다. 그래도 긴 머리를 바람에 휘날리며 걷고 싶었다. 아니면 꽁지머리를 묶어 또 다른 나의 모습을 보이고 싶은 마음도 있었다. 하지만, 역시 머리카락을 기르는 데 드는 시간, 노력 그리고 귀찮음 때문에 미용실로 향하고 말았다. 아니, 정확히 말하자면, 주차를 한 곳이 미용실 앞 골목이었기 때문이었다.

"오늘 외상으로 이발됩니까?"

"그럼 되지. 세상에 안 되는 게 어디 있나?"

구수한 전라도 말을 쓰는 누님이 반겨줍니다.

"좀만 기다리랑께. 커피 한잔하고. 삼촌도 커피 한 잔 혀."

이발은 시간이 맞으면 한다. 손님이 한 분만 계셔도 기다리는 시간이 아까워 그냥 나오는 게 태반이다. 뭐가 그리 바쁜지 매번 그래야 한다는 강박에 사는 듯하다. 오늘은 어르신 한 분이 염색을 하시느라 앉아 계셨고, 10분 정도 기다리면 된다고 했다. 잠시 앉아 이런저런 이야기로 시간을 보냈다. 요즘은 미용실 이발 가격이 너무 비싸지만, 우리 동네 미용실은 남자 이발하는 데 8,000원이 든다. 아주 마음에 든다.

"좀 짧게 깍을까예?"

"뭐 헐러고? 삼촌은 좀 긴 게 낫겠구먼."

"아, 기르려니 귀찮고 해서."

"여름 되면 깍어."

"그럼 깍지 말까예?"

"깎아야제. 앞머리가 길구마이."

역시 누님도 장사는 잘하신다. 늘 붐비는 미용실이 오늘따라 다소 한가하다. 이발 한 번 하려면 서너 번은 찾아가야 빈 시간을 찾을 수 있는데, 오늘은 운이 좋다고 해야겠다. 잠시 자리를 지키다, 곧장 의자에 앉았다.

"삼촌, 앉아봐."

"좀 짧게 깎아 주이소."

"여기서 골라봐. 남자는 헤어스타일이여. 스타일이 멋져야제. 삼촌은 머리가 길면 좀 점잖애 보이고, 짧으면 시원하제."

"그라모 오늘 안 깎아야겠네예."

"이발은 하고. 하하하."

호탕하게 웃는 누님의 웃음은 언제나 즐겁다. 머리카락이 길어 이마도 답답하고, 앞머리를 쓸어 올리는 일도 예사가 아니다. 예전처럼 빡빡 밀어버리고 싶은 마음도 컸다. 그래도 사람들을 만나 강의를 하고 이야기를 하는 입장에서 혐오감을 줄 수는 없어 참았다. 학원만 할 때는 하루만 참으면 모든 것이 지나갔지만, 이제는 이런저런 일로 사람 만나는 일이 많아지다 보니 조금은 신경이 쓰인다.

"모히칸 머리로 할랑가? 좀 전에 삼촌 한 명 깎고 갔는데. 딱 봤어야 하는데. 하하하하."

"모히칸은 좀 우습지 않은겨?"

"남자들 모히칸 해 놓으면 멋지제."

그렇게 시작된 이발은 이런저런 이야기와 누님의 혼잣말로 시작되었다. 머리카락이 싹둑싹둑 잘려나갔다. 한참 동안 깍고 있는데 동네 아주머니들이 하나둘 미용실로 들어선다.

"아따, 언니는 오랜만이여. 어제 보이 자전거 타고 가시더만."

"내가? 요새 팔이 아파서 자전거 못 타."

"언니 아녀? 팔은 왜 그런데?"

"내 얼마 전에 수술했다 아이가."

"일하다 그랬는가? 열심히 일하다 보면 그럴 수도 있제."

"그럼 놀다가 그랬을까? 일하다가 그랬지. 이리 바쁜 사람도 멀쩡한데."

"나야 무거운 거 안 들고 그랑께 그렇제."

두 누님의 이야기는 끝날 줄 모른다. 이러다 언제 머리를 다 깎을지 걱정이 태산이다. 어느 정도 이발이 되고, 앞머리가 조금 길어 보였다.

"앞머리가 좀 긴 거 아이요?"

"아따, 삼촌. 머리도 천천히 하나씩 단계를 밟으면서 깎아야제. 한 번에 푹 깎아삐모 되겠는가? 세상에 그런 일이 어디 있는가? 한 번에 확 해버리는 일이."

머리를 한 대 맞은 듯했다. 정말 그렇다. 조금씩, 조금씩. 시나브로. 나도 변하고 세상도 변한다. 그리고 세상만사 그렇게 조금씩 이루어져 가는 것이다. 한 번에 뭔가를 노린다면 그건 실패하는 지름길이다. 아줌마들의 수다가 이어졌다.

"언니는 남편이 참 잘해주는 갑제?"

"맨날 쓰레기도 치워주고 억수로 잘하제."

"근데 그 언니는 왜 맨날 남편을 뭐라 한데?"

"잘해주면 자꾸 더 바라는 게 사람 마음 아이가?"

"아이고, 나는 남편 교육을 잘못 시켜서 지금도 이렇구먼."

단순한 여자들의 이야기가 아니다. 삶의 이야기다. 우리 이야기이며, 내 가족의 이야기이다. 그렇게 미용실은 정보 교류의 장이 되었다. 소위 '플랫폼'의 시작은 시장에서 출발해서 미용실로 끝나나 보다.

"아따 머리가 짧으니까 훨씬 시원하구먼. 얼굴이 더 작아 보인다야."

빨리 이발을 하고 가서 수업해야 하는데 누님은 자꾸만 이런저런 말을 한다.

"남자는 스타일이여. 헤어스타일에 따라서 얼매나 차이가 나는데."

한 번이 아니라 몇 번을 남자의 스타일이 중요하다고 강조한다. 나는 스타일에 대해서 늘 무관심하게 살았는데 다시 생각해야겠다. 그래서 지난 사진을 들추어보며 나의 헤어스타일은 어떤지, 어떤 느낌이지 찾아보기로 했다(옛 사진을 들추며 이런저런 생각을 흘러가는 대로 적어 놓았습니다).

일 년 전 모습을 보며

그냥 머리는 짧고 길고가 전부라 생각하다 최근에 투블락이라는 스타일을 해 보니 나름 괜찮은 듯해 계속 그렇게 해 왔다. 윗머리를 길게 길러 내릴 생각이었는데 옆머리를 몇 번 정리하고 나니 생각보다 시간이 더 걸려 포기했다.

삼 년 전

사진을 살피다 보니 헤어스타일의 변화가 정말 없다는 생각이 든다. 매번 같은 스타일로 부스스하게 사는 모습을 다시 살펴보니 참 변변찮다. 이젠 머리카락도 좀 관리해야겠다. 하긴 옷 관리도 제대로 안하는데 머리카락까지 언제 신경 쓰고 살겠나?, 그냥 편하게 살자 싶기도 한다.

이 년 전 사진을 보며

이 년 전 가을의 헤어스타일도 그냥 거기서 거기다. 남자들을 돌아보면 참 다들 그렇고 그렇다. 그래서 남자 패션의 완성은 구두라고 하는가 보다. 연예인들 보면 머리의 변신이 두드러지는데 일반인 그렇지 않다. 왜 그럴까?

머리카락의 길이가 조금씩 차이가 날 때마다 인상이나 모습이 조금씩 변하는 듯하다. 늘 조금씩 자라는 머리카락을 늘 같은 모습으로 유지할 수도 없고, 약간의 차이가 가끔은 큰 외형 차이를 만들기도 한다.

일 년 전 여름

이때도 변함없는 스타일이 참 아쉽다. 세월에 따라 변하는 것은 얼굴뿐이란 생각이다. 나오는 배와 줄어드는 근육과 온몸이 아파오는 것도 세월의 힘이겠지.

2016년 10월

제법 길었다. 여기서 더 인내하고 길렀으면 지금은 어느 정도 원하는 길이가 나왔을 법한데 참지 못하고 가위를 댄 것이 잘못이었다. 무스나 스프레이나 왁스로 머리카락을 고정하면서 버티고 살아야 하는데 그런 거 바르는 게 귀찮으니. 원 참. 하긴 드라이기 한 번 사용하지 않으니 어찌 원하는 스타일이 나오겠나?

2016년 1월쯤의 모습으로 기억

이때 헤어스타일은 좀 마음에 든다. 사진상으로 그런 건지는 모르겠지만, 조금은 날렵해 보이는 게 일단 머리스타일은 맘에 든다. 이 역시 다 내 눈에 비친 세상 모습이다. 그런데 중요한 사실은 좌우가 바뀐다는 사실. 잊지 말아야겠다.

비슷한 시기의 모습인데도 기분이 다르다. 머리카락을 어떻게 세팅하느냐에 따라서도 느낌은 차이가 크다. 역시 남자도 머리카락 정리를 잘해야겠다. 이래서 스타일, 스타일 하나 보다. 그런 미세한 차이가 사람의 인상을 바꾼다고 생각하니, 참 아이러니하면서도 아쉽기도 하고, 인간의 평가 기준에 대한 이상한 불신도 생기곤 한다. 옷 때문인지 헤어스타일 때문인지, 얼굴 때문인지, 아니면 미소 때문인지 구분이 가지 않는 경우도 있지만, 오늘은 일단 헤어스타일만 보기로 하자.

모자를 쓰니 또 다른 모습이다. 아마 미용실 누님이 말씀하신 그런 모든 것이 다 그런가 보다. 남자는 헤어스타일에서 차이가 엄청 난다는 그 말. 그래서 미용실을 하면 참 재미나다는 말도. 머리카락은 모자 밑에 숨었지만, 제법 길었던 것으로 기억된다. 모자 옆에 삐져나온 머리카락이 보인다. 아마 그랬을 것이다. 이때는 한창 길러보려고 했던 때였으니까.

2017년 초

그 사이를 못 참고 또 이발을 해버렸다. 아마 길어오는 앞 머리카락이 귀찮았나 보다. 바람에 날리는 머리칼이 눈을 찌르는 것도 귀찮고. 그런데 옆머리와 뒷머리만 기르고 싶다고 하면 미용실에서도 그러면 이상하다고 한다.

"사람이 나이에는 좀 맞춰야지."

아내는 더욱 잔소리가 늘어난다.

"제발, 좀. 당신 개성이 중한 게 아니잖아요. 개성대로 살 거 같으면 어디 산에라도 가야지."

내 인생에 대하 간섭을 거의 포기한 아내도 이렇게 거들어 제치니 나도 별반 뾰족한 수가 없다. 꼭 일주일 전의 사진이다. 그 사이 머리 길이가 더 짧아졌다. 그래도 눈썹 아래로 내려오는 머리칼이 귀찮긴 하다. 어중간하다는 느낌이다. 확 길면 더 좋겠지만.

2017년 3월 8일

오늘 머리카락을 깎았다. 사실은 더 짧게 깎고 싶었으나, 미용실 누님의 손에 그냥 맡겨버렸다. 그래도 시원하다. 일단은. 곧 후회를 하겠지만, 일단은 머리가 가벼워서 좋다. 머리카락이 짧으면 남자는 돈이 많이 든다. 지저분해진 머리카락을 정리하려면 자주 미용실에 가야 한다. 그래서 가끔 집에서 해결하긴 하지만, 그래도 돈이 많이 든다. 얼마 전 어느 미용실 앞에 붙은 남자 커트 비용 20,000원을 보고 한참을 욕을 했다. 아마 이런 나를 사람들은 욕할지도 모른다. 우리 동네 비싼 데는 15,000원이라 해서

"뭐시라?"

하고 나왔지만, 시내 쪽으로 가니 혀를 내두를 가격이다.

그때나 지금이나 역시 변하지 않는 것이 헤어스타일. 참 징글징글하다. 4년 전으로 기억되는 사진 속에도 꼭 같은 스타일의 내가 있다. 도대체 뭐여?

3년 전 사진

옛 사진이 없어 너무 아쉽다. 정말 20대와 30대를 너무 바보처럼 살았다. 완전. 그래서 인생은 돌아봐야 한다. 앞만 보고 달릴 것이 아니다. 진짜 나는 삶에 대해 아쉬움이 너무 많다. 모든 이들이 다 그렇겠지만. 나의 암흑시기였던 20대 전부와 30대 중반까지. 잃어버린, 아니 내가 버린 십여 년을 몇 년 만에 다 살아내고 싶다. 이때 스타일은 내가 봐도 별로다.

증명사진인데 이 정도 스타일이면 무난한 듯하나, 조금은 아쉬운 마음이 든다. 다 비슷한 시기에 찍은 사진인 듯한데 이때도 스타일은 고만고만하다. 참 심심한 스타일이다.

고3 졸업 사진 모습

뭐, 이때나 그때나 비슷하긴 마찬가지다. 이땐 머리에 뭔가를 잔뜩 바른 느낌이란 것을 제외하면. 아마 무스였을 것이다. 그땐 무스가 최고였으니.

세상을 살면서 나름 멋지게 살고 싶었지만 늘 마음처럼 되는 것이 세상이 아니다. 미용실 누님에게 고마운 마음을 전한다. 헤어스타일은 남자에게도 중요하다. 세상의 모든 남자들도 멋지게 인생을 즐기며 살아가길 바란다. 물론 멋진 헤어스타일로 자신만의 이미지도 잘 만들어 가면서. 하지만 진짜 중요한 것은 헤어스타일이나 외모나 옷차림이 아니라는 사실은 모두가 알고 있을 것이다. 사람은 마음으로 마음은 말로, 말은 행동으로, 행동은 다시 인격으로 드러나게 마련이다. 나도 잘 알지만 고칠 점이 많다.

잘살자.

행복계량법

토요일 오후, 도서관 아이들과 함안의 작은 연수원에서 물놀이를 하기로 했다. 밤샘 근무를 마친 아내도 깨웠다. 장모도 함께 출발. 가는 길에 간단히 먹을거리도 장만하고 국수집에 들러 국수를 먹었다. 모든 준비를 마치고 연수원에 도착하니 오후 2시. 물놀이하기에 딱 좋은 시간이었다. 짐을 부리자마자, 아이들은 물놀이장을 뛰어갔다. 그렇게 첨벙첨벙 신나게 놀았다. 나도 잠시 후 합류하여 시간을 보냈다. 수상 보드도 타면서 즐겁게 놀았다. 그냥 즐겁게 놀았다. 저녁에는 참숯 오리 바비큐로 허기를 달래고, 시원한 맥주로 갈증을 달랬다. 고향 친구가 아이를 데리고 늦게 합류해서 저녁을 먹었다. 오랜만에 만나 이런저런 이야기와 맥주 한 잔으로 아쉬움을 달랬다. 일요일에 다시 놀기로 하고.

이른 아침에 아내 출근을 시키고 다시 연수원으로 왔다. 아이들은 아무것도 모르고 잘 줄 알았는데 7시도 안 되어 일어났다. 신기한 녀석들이다. 일어나서 고스톱을 치면서 시간을 보내고 있는 모습을 보니 '이런 일은 일어나지 않아도 되는데…' 하는 아쉬움이 살짝 들었다. 그러나 어제 저녁에 알려준 화투 놀이가 재미있었나 보다. 금방 뜨거워지는 초여름의 강렬한 태양에 물이 다시 그리워졌다. 친구와 함께 아이들을 데리고 물놀이장으로 갔다. 아이들도 어제의 회전물놀이가 즐거웠는지 다시 태워달라고 아우성이다. 어른들도 수상보드를 타고 싶은 마음은 간절했다. 나 역시 어제 한 번 해봤기에 자신감이 더욱 붙었다.

아이들은 맨몸으로 물살을 느끼며 시간을 보냈다. 이제 어른들의 시간이다. 친구와 다른 한 분이 수상보드에 도전했다. 나는 사진을 찍느라 늦게 합류했다. 어제 한번 해 봐서 그런지 훨씬 수월하게 느껴졌다. 그리고 신나게 보드를 탔다. 그러나 과욕은 위험 부르는 법. 먼저 물에 빠져 한쪽에 대기 중이던 친구와 아이에게로 나의 보드가 날아가고 있음을 느꼈다. 스스로 위험을 감지했다. 순간을 모면해야만 했다. 그저 아무런 일도 일어나지 않기를 바랐다. 정말 순간이었지만, 그 생각밖에 들지 않았다. 정말 천만다행으로 가까스로 충돌을 피할 수 있었다. 나는 그대로 물이 처박혔다.

그리고 아이들과 친구에게 달려갔다.

"괜찮나?"

정말 다행이었다. 만약 보드가 그쪽을 덮쳤다면 나는 아마 세상에서 가장 불행한 사람이 되었을지도 모른다. 정말 다행이었다. 집으로 돌아와 피곤한 몸을 뉘였다. 잠시 후 있을 수업 때문에 눈만 붙이고 싶었다. 자리에 누웠을 때 갑자기 이런 생각이 들었다. 행복이란 어떤 일이 일어나길 바라는 것이라 생각하지만, 때론 어떤 일이 일어나지 않길 바라는 것. 그리고 그 일이 실제 일어나지 않는 것이라는 것을.

어떤 일이 일어나길 바라면, 그 일은 일어날 수도 있고 일어나지 않을 수도 있다. 원하는 일이 현실이 되면 행복하겠지만, 원하는 일이 현실이 되지 않는다고 해서 행복하지 않는 것도 아니다. 하지만 원하지 않는 일이 일어나면 불행이고, 원하지 않는 일이 일어나지 않으면 행복이다. 행복을 계량하는 방법은 원하는 일이 일어나길 바라는 것을 세는 것이 보다, 원하지 않는 일이 일어나지 않는 것을 세는 것이 더 낫다.

행복을 세는 방법은 원하지 않는 일이 일어나지 않는 횟수를 세는 것이다.

도리깨질

사랑에 잘 빠지는 비법을 알려 드릴게요.
사랑에 빠지면 콩깍지가 씐다고 하잖아요.
나는 사랑에 무척이나 잘 빠진답니다.
왜 그렇게 사랑에 잘 빠지나 생각해보니
콩 타작 하느라 도리깨질을 많이 해서 그런가 봐요.
열심히 도리깨질을 하다 보면 제 눈에도 알게 모르게
콩깍지가 엄청 씌거든요.

오늘도 시골 엄마에게 가서 일을 도와드립니다.
변하지 않은 건 없는데 아직도 농사짓는 엄마의 고집만
변하지 않았나 봅니다. 엄마 눈에 씐 콩깍지는 도대체.
힘든 농사일이 엄마의 콩깍지는 아니겠지요.
그래도 농사일로 자식들 다 키워냈으니,
어지간해서는 그 콩깍지를 벗기는
쉽지 않을 것 같아요.

복분자

간만에 형제들이 모였다
어머니 모시고 경북 산골
누나를 찾았다

휴대전화 먹통인 산길을 넘어
그렇게 긴 시간을 달렸다
맛난 밥 준비한 누나와 매형
긴 시간 허기는 어느새 사라졌다

도란도란 오가는 이야기
오가는 막걸리와 복분자주 몇 잔에
어머니와 매형이 손을 꼭 잡았다

도시에서 잘 나가던 자식
산골로 이사해서 복분자 키우고
된장 간장 담는다니 어머니의 속은

좀 더 있다가 해도 될 것을

딱풀

딱딱한 통 속에 말랑한 젤리
똥구멍을 살살 건드리면
부드러운 풀이 올라와요
말랑말랑한데 사람들은 저보고
늘 딱풀이래요
마음대로 말하는 사람들 입을
딱 붙여버릴래요

페이스북

책 속에 보물이 숨어있다는데
손안에 쏘옥 들어온 책 속에
보물 아닌 보물이 너무 많아요
사람도 만나고 얼굴도 보는

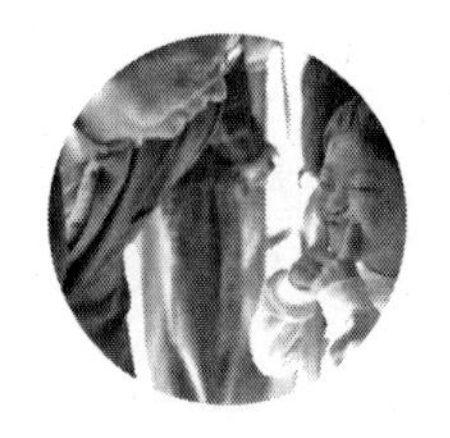

딸기

봄 향기 사라지는 숲 속 마을
진한 풀내음이 솔솔 피어나고
주린 배 끌고 스으윽 배애암 한 마리
주린 배 들고 폴짝 개구리 한 마리
달콤한 산딸기 내음 윙윙 온갖 벌레
옹기종기 산딸기 밭에 모여들 때

벌레에게 뺏기랴 번개같이 날랜 손
배애암보다 먼저 개구리가 놀랐다
개구리보다 먼저 벌레가 놀랐다
산딸기 밭에는 배애암이 많다더니
할아버지 손은 벌레도 개구리도 배암도
다 물리치는 천둥 번개

내리막길

많은 사람은 인생의 오르막에 대해 노래한다. 공부를 잘하는 법, 성공하는 법, 돈을 잘 버는 법, 자식 교육을 잘 시키는 법, 자기 개발을 잘하는 법. 뭐든지 잘하는 법을 말한다. 그러나 인생은 오르막과 내리막이 있는 법이라고 말한다. 반드시 성공이 행복이 아니라고 말하기도 하고, 더디게 느리게 가더라도 행복을 찾아가라고 말하기도 한다. 내려온다는 것은 내려놓는 것. 내려놓기가 쉽겠냐마는 내게 필요 없는 것을 잘 내려놓는다는 것만큼 중요한 일이 있을까? 많은 사람이 내리막을 싫어하겠지만, 모든 이가 막을 내리는 순간을 맞이한다. 인생의 절벽을 만나 추락하는 것보다는 천천히 삶의 의미를 새기며 잘 내려오는 법을 배워야겠다.

카세트테이프

영어 학습 테이프를 사면 FM 라디오를 한 대 준다는 외판원 아저씨. 까까머리 중학생의 마음을 사로잡은 FM 라디오. 염불에는 관심 없고 잿밥에만 눈이 간다. 영어 점수 90점 넘긴다고 약속을 해도 안 된다는 큰 형. 몰래 주문한 영어 학습 카세트테이프가 집에 온 날. 야구 방망이로 엉덩이 맞고, 숨겨둔 장난감으로 맞아 박이 터진 날. 실오라기 하나 걸치지 않고 집에서 쫓겨 난 날. 산 속에서 혼자 훌쩍일 때 찾아온 엄마. 미안하구나. 너에게 카세트테이프 하나 사 줄 돈이 없어서.

무사하다는 말

손발을 꼼지락거리며 눈을 뜨면 참 좋아요
내 손으로 세수를 할 수 있어 참 좋아요
모두가 둘러앉아 아침을 먹으면 참 좋아요
가방을 둘러멘 아이들을 보면 참 좋아요
집으로 돌아오는 아이들의 웃음이 참 좋아요
오순도순 마주 앉은 저녁을 먹으면 참 좋아요
자장가 소리에 곤히 잠든 아이들이 참 좋아요
오늘도 무사하게 눈을 감을 수 있어 참 좋아요
무사하다는 그 말, 참 좋아요

닭국

막내 형은 늘 몸이 허약했다. 형이 태어났을 때는 젖이 나오지 않았다며, 엄마는 늘 형을 걱정했다. 까만 피부에 바짝 마른 몸이었다. 형은 몸만 약했다. 깡다구도 좋았고, 싸움도 잘했다. 물론 공부도 아주 잘하는 우등생이었다. 그러니 엄마는 형을 더 아꼈다.

몸이 약한 형을 위해 엄마는 일 년에 한 번 닭국을 끓였다. 커다란 솥에 집에서 키우던 닭을 두어 마리 넣고, 귀한 인삼을 구해 넣었다. 물을 한가득 붓고, 오랫동안 삶으면 시원한 닭국이 완성되었다. 엄마는 하루에 한 그릇씩 형에게 퍼주었다. 나에겐 닭국의 국물도 돌아오지 않았다. 나는 형이 먹는 닭국을 보면서 침만 흘렸다.

그런데 먹을 복이 있는 놈은 어딜 가도 굶지 않는다고 했던가? 형은 입이 짧았다.

"인삼 먹을래?"

"인삼은 맛없다."

"인삼 먹으면 국물하고 닭 껍데기 줄게."

나는 얼른 인삼을 먹었다. 국물도 후루룩 마셨다. 물컹한 껍데기가 좋진 않았지만, 역시 먹어 치웠다.

"나도 살코기 좀 줘."

"내 먹고 줄게."

형이 주는 살코기 한 점은 이 세상 어떤 고기보다 맛있었다. 엄마가 끓여준 닭국을 먹은 형은 살이 찌지 않고, 나만 살이 포동포동 올랐다. 30년이 훌쩍 지났지만, 엄마는 아직도 형이 체질이 살이 안 찌는 체질이라 믿는다. 내가 몸에 좋은 인삼과 국물과 껍데기를 다 먹었다는 사실을 모른 체 말이다. 지금도 나는 닭 껍데기가 좋다.

시험지

커다란 종이에 글자가 빽빽해요
선생님은 무서운 얼굴로 앞에 섰어요
"오늘은 기말고사 치는 날이에요."
가슴은 콩닥콩닥 얼굴에는 땀이 삐질
선생님 얼굴에 엄마 얼굴이 겹친다

커다란 종이에 글자가 빽빽해요
도대체 이런 걸 왜 하는지 모르는데
1번에서 5번까지 잘 고르면 좋데요
우리 아버지 복권 번호 잘 맞으면
100점보다 훨씬 좋아하실 건데

복권이랑 시험지랑
복권 번호랑 답안지 번호랑 살짝 겹친다.

몰락

오르지 않으면 내리지 않는다
내리지 않으면 오를 수 없다

엄마의 치킨

가을걷이 마친 들판에 차가운 겨울이 왔다
한적한 시골 마을에도 조급함이 찾아왔다
아직은 어두운 새벽 엄마는 옷을 동여맸다
한 푼이라도 더 벌어서 자식들 먹이려고
옆 동네 굴 까러 가는 엄마

종일 엄마를 기다리며 식은 밥 한 그릇
뱃속에서 녹아 사라질 때 즈음, 엄마는 그렇게
낡은 검은 비닐봉지를 들고 돌아왔다
아마 엄마를 기다리기보다는 엄마의 손에 들린
검은 봉지를 더 애타게 기다렸는지도 모른다

낡은 까만 봉지에 담긴 카스테라 하나
낡은 까만 봉지에 담긴 소보루 빵 하나
낡은 까만 봉지에 담긴 하얀 우유 하나
엄마의 퇴근길에는 현대판 치킨이 들려있다

한낮의 열정을
남기고 싶을 때 쓰는 _

마산식당

마산에 있기에 자연스레 가진 이름일 것이다. 이렇게 나의 추측은 시작된다. 주인장은 틀림없이 마산 토박이며, 마산을 사랑하는 사람일 것이다. 나이는 얼마나 되었을까? 오래된 간판에서도 세월이 묻어난다. 마산식당에 들어서면 오래된 테이블과 의자에서도 세월을 느낀다. 마산식당은 조그마한 방 한 칸에 네 명이 앉으면 좁은 테이블이 네 개가 다닥다닥 붙어있다. 코딱지만 한 주방 바로 앞에 사람이 다니기도 비좁은 홀에는 테이블이 네 개 있다. 마산식당에는 우리가 평소 즐겨먹는 집밥이 한 가득이다. 가격도 그리 비싸지 않다. 허리가 구부정하게 굽은 주인아주머니는 언제나 친절하다. 병원 앞에 있다 보니 손님들도 꽤 많다.

이런 누추한 식당에 얼마나 사람이 오겠나 싶지만, 나름 지역 명소다 보니 저녁이 되면 반찬이 다 되어 손님을 돌려보내기 일쑤다. 젊은이들도 꽤 즐겨 찾는 이곳은 마산식당. 식당이라지만 식당 분위기는 전혀 나지 않는다. 그래도 식당은 식당이다. 주린 배를 채울 수 있는 넉넉한 밥과 반찬. 매일 장을 봐서 손님들에게 내어주는 주인장의 마음도 예사롭지 않다. 밥통은 방 한편에 자리 잡고 있다. 커다란 밥주걱 두 개가 밥통 옆을 지킨다. 그렇다. 배가 고픈 이들이 얼마든지 밥을 퍼먹을 수 있다. 나처럼 밥통이

크면 유리한 고지를 점령할 수 있다. 헐렁한 공깃밥 한 그릇이 성에 차지 않는 청춘들에게도 안성맞춤이다.

마산식당은 그렇게 마산식당이다. 주인아주머니는 누군가에겐 할머니로 보이겠지만 내겐 싱그러운 처녀처럼 풋풋하면서도 어머님의 넉넉함을 전해준다. 마산 사람인지 아닌지는 모르지만 온 동네 사람 이야기는 술술 새어 나온다. 마산식당에선 혼자 먹는 밥도 참 맛나다.

마산식당에 들른 지도 벌써 석 달이 지났다. 조만간 밥 먹으러 가야겠다.

연극이 끝나고 난 후

엄청난 인기를 누렸던 영화 '친구', 그리고 노래, <연극이 끝나고 난 후> 역시 내 귓가를 맴돌며 떠나지 않았다. 누구의 노래인지도 기억나지 않지만, 강변가요제였던가? 대학가요제였던가? 당대를 들썩이든 두 가요제에서 상을 받은 것은 확실하다. 아마 흑백텔레비전이라 기억이 가물가물한 듯하다. 덩그러니 혼자 본 영화치고는 제법 추억을 곱씹을 만했다.

몇 해 전 지역 연극인을 만났다. 생전에 연극을 하는 분을 다 만나다니. 작은 극단을 운영하시는 분이었다. 당시는 힘들어 보였다. 이런저런 인연으로 얽히고설켜 열심히 극단 홍보를 했다. 요즘은 제법 잘나가신다고 한다. 일조를 한 듯하다. 기분이 좋다. 내가 가진 작은 재능을 조금 나누었을 뿐인데도 말이다. 그런데 그 분은 나의 마음을 알까 싶다. 살짝 질투심이 든다.

늘 가지고 있던 생각이 있어 넌지시 그분의 생각을 물었다.

"제가 연극을 하나 구상하고 있는데요. 물론 실천을 할 용기는 없어요. 주변에 사람도 있어야 할 것이고. 돈도 안 되는 일에 지금 제 친구들 중 덤벼들 사람도 없지요. 언젠가 기회가 된다면 꼭 해보고 싶은 작품이긴 한데요."

"뭐죠?"

무성의한 대답에 얼굴이 순간적으로 확 달아올랐다. 내 아이디어를 뺏길 것 같아 겁도 났지만, 어차피 누군가는 나처럼 생각할 것이니 별로 손해 볼 장사는 아닌 듯하였다. 실제로 가능하다면 나도 한 자리 낄 수 있을까 하는 생각이 들었다. 말을 이었다.

"관객이 직접 참여하는 연극이죠. 우리 마당놀이처럼 말이에요. 사람들은 다들 관음증? 너무 심한가? 여하튼 자신의 주변 사람들에게 일어나는 일에 대해 관심이 많다고 생각해요. 여담이지만, 불구경과 싸움구경이 제일 재미있다고 하잖아요. 대본은 없어요. 배우들의 평소 실력이 여실히 드러나겠죠. 주제는 일상의 대화입니다. 등장인물은 남녀 배우 몇 명과 관객이 전붑니다. 배경은 술집이에요. 테이블이 4개 놓여있고, 술집 주인장과 한 테이블에서 술을 마시는 사람들은 배우예요. 배우 수도 편하게 정할 수 있겠죠. 조건이 있어요. 진짜 술을 마시는 거죠. 안주도 진짜로 준비하고. 그러면서 배우들이 그날의 주제를 던져요. 테이블에서 대화를 주어진 주제로 시작하는 겁니다. 그리고 관객 중에서 그 술집, 즉 무대에 오르고 싶은 사람이 있다면 누구나 참여할 수 있죠. 그리고 정해진 주제와 관련된 이야기를 마음껏 풀어나가는 겁니다. 물론 관객의 자발적 참여가 제일 중요하죠. 관객들의 참여가 떨어진다 싶으면, 다른 방안이 있어요. 이때는 배우가 조금 더 필요한데요. 배우 서넛이 테이블을 두 개 정도 잡는 겁니다. 그리고 관객에서 친구 찾아 술자리에 초대하는 겁니다. 억지로 친구를 맞추는 거죠. 그리고 자연스레 대화를 이어갑니다. 물론 한 테이블에서 대화가 열기를 띠면 다른 테이블 사람들은 모두 귀를 쫑긋하고 그들의 대화를 엿듣게 되겠죠. 저는 찻집이나 식당에 가면 옆 테이블 사람들이 엄청 궁금하던데요. 술집에서도 아주 궁금하죠."

"가능할까요?"

더 이상 말할 기운이 없었다. 반신반의로 입을 열긴 했지만, 내가 기대한 대답은 아니었다.

'재미있는 생각이네요.'

이 말을 기대했다. 그 다음에 실현 가능성을 알아보자, 라고 말하면 얼마나 좋았을까?

그렇게 짧은 만남은 끝났지만, 그 후로도 인연은 계속되어 나는 그 극단 홍보를 열심히 했다. 사람 인연이 어디 쉽게 맺어지고 끊어지는가?

2017년 9월 12일. 간밤에 동네 형님이 개인 일로 의논할 일이 있다고 전화가 왔다. 열한 시가 훌쩍 넘은 시간이었다. 왠지 나가야만 할 듯했다. 길거리에 앉아 60이 된 형님과 이야기를 나눴다. 열두 시가 돼서야 집에 와 맥주 한잔으로 허기를 달랬다. 갑자기 연극이 생각난다.

'우리는 누군가의 삶을 엿보고 싶어 한다.'

얼마 전 내가 사는 시에서 운영하는 '문화기획자 양성과정'에 신청해 뽑혔다. 그들과 함께라면 가능할 듯싶기도 했다. 물론 기획자와 활동가는 다를 수 있겠지만, 그래도 한번 도전은 해보고 싶었다.

아이들을 학교에 보내고, 아내를 출근시키고 장모님과 시장에 가서 멸치를 샀다. 동서가 부탁한 선물용 멸치를 고르느라 몇 곳을 둘렀다. 결국은 젊은 친구가 운영하는 건어물 가게에서 멸치를 주문했다. 아는 사람이라 꼭 팔아주고 싶었다. 사무실로 오는 길, 라디오에서 '더 테이블'이라는 영화를 소개했다.

"망했다. 벌써?"

생각을 실천한 사람이 있었다. 그것도 영화로. 70분짜리 영화라는데 나는 뭘 하고 살았나?라는 자괴감이 들었다.

"그래, 아직도 나는 갈 길이 남았다."

가고 나서 후회보다는 가지 않고 후회가 더 크다고 했다. 일단은 한번 가 보기라도 하자.

스마트하게 사는 법

어릴 적 우리 집에 전화기가 처음 들어왔다. 손으로 다이얼을 돌려 교환원에게 내가 걸고 싶은 집의 전화번호를 알려주던, 아니면 이름을 알려주면 연결을 해주었다. 그때 난 겨우 2학년이었다. 우리 집 전화번호는 363번. 그렇게 세월은 흘러 고등학교 시절 홍콩 영화에 나오는 큼지막한 휴대전화를 보고 깜짝 놀랐다. 어떻게 전화기를 들고 다니지? 하지만 남의 나라 이야기였다. 고3 때 처음 형님의 삐삐를 보고 얼마나 멋지고, 신기했는지 모른다. 정말 멋진 물건이었다. 이 세상의 최고 물건이었다. 갖고 싶었다. 하지만 고가의 물건을 학생 신분으로 가지는 것은 역시 부자들의 이야기에 불과하였다.

군대를 갈 무렵 형님의 삐삐를 물려받았다. 멋졌다. 오래된 중고품이지만 멋졌다. 하지만 나의 삐삐는 주로 조용했다. '나도 삐삐가 있다.'는 것을 자랑하고 싶어 일부러 공중전화에서 나에게 호출을 직접하곤 길을 걸어가곤 했다. 참으로 멋진 녀석이었다. 그렇게 삐삐는 나의 삶에서 중요한 연락매체가 되었다. 제대를 할 때엔 후임들이 예쁘고 앙증맞은 삐삐를 선물해 주었다. 가격도 꽤 많이 저렴해졌다. 사회에서는 대부분의 사람들이 삐삐를 쓰고 있었다. 그냥 일상품이 되어 버린 것이다.

그리고 조금 이따 휴대전화가 나왔다. 고가의 전화였지만 시대에 뒤처지지 않기 위해 구입을 했다. 그리고 멋지게, 폼을 잡으며 들고 다녔다. 요즘의 말로 어얼리어답터였다. 하지만 그렇게 멋졌던 나의 전화기는 나의 손을 떠나는 시기가 짧아졌다. 그리고 새로운 물건이 곧 나의 손에 들어왔다. 기계를 사면 오랫동안 사용하는 편이지만 휴대전화는 자주 주인을 바꾸는 듯했다. 작고, 귀엽고, 이왕이면 멋진 모델로 자꾸만 바뀌어 가고 있었다.

그렇게 얼마 후, 나의 손에 스마트 폰이 들어왔다. 스마트 폰이었지만, 기존 휴대전화와 다를 바가 없었다. 가끔 사용하는 인터넷 외에는 문자나 보내고, 전화통화를 하는 것이 전부였다. 그러다 또 짧은 시간이 흘렀다. 세상이 바뀌어 버렸다. 아날로그의 행복이 디지털의 속도라는 행복을 따라잡지 못했다. 불만이었다. 갑자기 모든 사람들이 사람을 바라보지 않고, 자신의 손에 든 전화기와 대화를 했다. 아이들은 모두 전화기 속, 게임에 빠져들었다. 소셜네트워크라는 강력한 연결망 속에 사람들은 빠져들었다. 싫었다. 사람들이 사람들과 소통하기를 바라는 마음이 강렬히 솟구쳤다.

그렇게 스마트한 세상을 불만에 찬 눈으로 바라보았다. 하지만 나에게도 심적인 변화는 필요했다. 이렇게 스마트한 세상에서 불만을 불만으로 느끼지 않고, 불만을 만족으로 바꾸는 방법을 찾고 싶었다. 그래. 삶의 흔적을 기록하는 것이다. 내가 살다간 흔적. 호랑이는 죽어 가죽을 남기면, 난 죽어 내가 살다 간 시간의 흔적을 남기리라. 갑자기 하고 싶은 것이 많아졌다. 잠시 여유의 시간이 생기면 다양한 앱과 개인 블로그에 글을 남기기 시작했다. 하나씩 하나씩. 원래 메모를 좋아하는 나지만 메모를 한 뒤 어디로 갔는지 메모지를 찾지 못하는 경우가 많았다. 일정을 메모해도 잃어버리는 경우도 있었다. 하지만 스마트 폰을 스마트하게 사용하고 나서는 놓치는 일이 없어졌다. 나의 순간적인 감정과 느낌이 그대로 소셜네트워크에 남아있었다. 그리고 기억할 수 있다. 그때의 나의 마음을. 또한 찍으면 그냥 메모리에 남겨져 빛바래져 가는 사진들이 줄어들었다. 사진에도 감정을 불어 넣을 수 있었다. 내가 사진을 찍으면서도 생각을 할 수 있었다. 그리고 멀리 있는 친구와 감정을 나누는 소통을 할 수 있게 되었다.

그렇게 나의 스마트한 세상은 또 다른 나의 발견을 하게 해주었다. '나'라는 존재가 사색하길 좋아하는 인물이라 알려 주었다. 사색의 힘은 생활의 큰 변화를 이끌어내었다. 부모님께 더 효도할 수 있도록 힘을 주었다. 아내를 더욱 이해하게 되었다. 그리고 아이들의 삶에 더 많은 관심을 가지게 해 주었다. 멀리 떨어진 친구들, 자주 볼 수 없는 친구들과 교감을 나누게 되었다. 스마트 폰을 통해 사람들을 이해하고, 그들과 소통하는 멋진 생활을 하고 있다. 혼자서 일하는 나에겐 더 없이 좋은 문명의 이기임에 틀림없다. 가장 좋은 사실은 나에게 생각의 힘을 길러 활용할 수 있도록 도움을 주는 것이다.

요즘은 대부분의 사람들이 스마트폰을 사용한다. 스마트 폰이 나에게 사색의 힘을 길러 주었듯 많은 이들에게도 역기능보다는 순기능의 힘을 길러주는 멋진 소장품이 되길 바란다.

사임당과 세종대왕

여지없이 신사임당 한 장이 사라지고 말았다. 아무리 하루를 돌아보아도 내가 사임당 누님을 별도로 불러낸 기억이 나지 않는다. 아마 누군가가 나 대신에 누님을 만났는지 모르겠다. 범인은 나의 행적을 아는 사람이리라. 내 지갑이 어디에 있으며, 내가 언제 자리를 비우는지 가장 잘 알고 있는 그런 사람 중에 한 명일 것이다. 그렇다고 모두를 불러 세워 이러쿵저러쿵 말을 건네 물어볼 수 있는 일도 아니다. 골치가 아팠다. 눈을 감았다. 잠이 오지 않았다. 불이 꺼진 전등을 무심히 바라보았다. 창문 너머로 비치는 흐릿한 빛만이 저곳에 등이 있었다는 사실을 말해 주었다. 천장을 둘러보고 싶었으나 어둠의 장막이 천장을 가로막고 있었다. 천장도 내가 그냥 바라볼 수 있는 세상이 아니었다. 갑자기 천장이 보고 싶어졌다. 올라도 더 이상 올라갈 수 없는 그런 천장이 미워졌다. 내게서 별빛을 뺏어가고, 내게서 햇살도 뺏어 가버린 그 천장과 벽이 보고 싶어졌다. 불을 켰다. 그리고 다시 바닥을 비비며 천장과 벽을 곰곰이 살폈다. 아무것도 없었다. 그냥 하얀 벽만이 우두커니 제자리에 있을 뿐이었다. 천장과 벽이 만나는 구석을 가만히 째려보았다. 세상 모든 것이 한 점으로 쏠렸다. 세 개의 면과 세 개의 선분이 한 점에서 묘하게 만났다. 틀림없이 면은 네 개의 모서리인데 세 개의 모서리만이 한 점에서 만난다. 누워 있는 방은 틀림없이 네 개의 면으로 둘러싸여 있는데 세 개의 면만 만난다. 신기했다. 한참을 생각해도 딱히 떠오르는 생각은 없었다. 그냥 그렇다는 사실만 눈으로 확인할 뿐이있다. 갑자기 정신이 번쩍 들었다. 신사임당의 행방이 떠올랐다. 좀처럼 보기 힘든 길고양이와 새끼들을 봤다. 길고양이야 어딜 가나 흔히 보는 녀석들이지만 겨우 눈이나 떴을 법한 새끼들을 데리고 다니는 길고양이는 드물었다. 녀석들에게 줄 참치 통조림 몇 개를 사면서 사임당을 편의점 아가씨에게 건넨 사실이 기억이 났다. 이상하게 두 장만 남았던 세종대왕이 몇 장 더 늘었다는 것을 잊고 있었다. 그냥 어디서 공돈이 생긴 줄로만 알았다. 괜히 기분이 좋았나 보다. 사라진 사임당엔 화가 나고 늘어난 세종대왕만 보고 좋아했다니. 오늘 하루도 종이 몇 장에 기분이 좋았다 나빠졌다. 아무리 생각해도 내 마음대로 세상이 돌아가는 것은 아닌가 보다. 내 마음도 내 마음이 아닌데, 내가 뭔들 제대로 하겠는가? 잠이나 자자. 불이 꼈다. 긴 밤이 될 듯하다.

천막극장

가을걷이가 끝난 논에 커다란 천막극장이 들어섰다. 마을 아이들은 온통 극장 이야기뿐이다. 오늘 밤에는 기필코 저 극장에 가고야 말겠다고 다짐을 했다. 극장에 가려면 삼백 원을 내야 한다는데 어떻게 삼백 원을 구할지가 종일 머릿속을 맴돌았다. 어둠이 채 내리기도 전에 아이들과 마을 어귀에서 만났다.

"니는 돈 구했나?"

"아직. 니는?"

"내는 구했지. 엄마한테 말했더니 주시더라."

우리 동네에서 제법 신식 아버지를 둔 원두는 돈 삼백 원을 가볍게 꺼내 보였다.

"좋겠다. 내는 바늘도 안 들어가더라."

"판식이 니는 구했나?"

"내는 말도 못 꺼내봤다."

"그라모 우리는 우짜지?"

머리를 잘 굴려야 천막 극장 안에서 홍콩 무술영화를 볼 수 있었다. 엄청난 무술 실력을 가진 성룡 영화를 봐야만 내일 학교에 가서 자랑을 할 수 있었다. 아이들의 머릿속에서 나온 생각이라야 논두렁을 넘어 천막을 살짝 들고 들어가는 수밖에.

가을걷이가 끝난 지 얼마 되지 않은 논바닥은 질펀했다. 천막 끝은 흙더미로 잘 덮여있었다. 신발에 흙뭉치를 달고 입구 반대편 천막을 덮은 흙을 파냈다.

"야, 조심해서 와."

"조용히 해라. 아무 말도 하지 마라."

짚 볏가리 속을 파고드는 들쥐마냥 초라했다. 초라함은 내일의 영웅을 위해서라면 참을 수 있었다. 판식이가 들어가고 나도 살며시 들어갔다. 우리의 천막 돌파 작전은 그대로 성공하는 듯했다.

"어이, 이놈들. 뭐하는 거야?"

"…."

"이놈들이 벌써부터 도둑질이야?"

판식이와 나는 완벽하게 천막 안으로 잠입했다. 그런데 도대체 들킨 이유를 알 수가 없었다. 커다란 아저씨가 우리 앞에 떡 하니 버티고 섰다. 우리는 고양이 앞에 선 논바닥의 들쥐였다. 주위를 둘러볼 엄두조차 내지 못했다. 영화를 보러 오신 동네 어르신들이 웃어댔다.

"녀석들. 아부지가 돈 안 주시더나?"

"와라, 와. 내가 돈 줄게. 하하하."

동네 어른들의 농담에 극장 아저씨도 슬쩍 웃는 듯했다.

'다행이다. 우릴 봐주실 건가 보다.'

하지만, 아저씨의 얼굴은 금방 호랑이로 변하고 말았다. 아저씨가 꿀밤을 먹였다.

"이놈, 이놈, 이놈."

'엥? 우리 둘 말고 또 누가 왔지?'

그제야 뒤를 보니 키다리 원두가 우리를 따라 기어들어왔다는 사실을 알았다. 영화비도 가지고 온 녀석이 왜 우릴 따라왔는지 알 수가 없었다.

"이놈들. 오늘은 특별히 봐 준다. 또 그러면 진짜 부모님께 이를 줄 알아."

"네."

우리는 힘없이 대답하고, 구석에 자리를 잡았다. 덕석이 깔린 자리는 아주 포근했다.

"야, 니는 돈 주고 오면 되잖아? 완벽한 작전이었는데."

나는 원두 때문에 잡힌 듯해 괜히 심술이 났다. 판식이도 옆에서 한마디 거들었다.

"그래. 니가 키가 크니까 바로 잡혔잖아. 괜히 욕만 들었네."

"미안해. 그래도 너희들과 같이 오고 싶어서. 괜히 나만 돈 내고 들어오면 더 미안해서…."

"그래도 넌 돈 있으니까 그냥 내고 오면 더 좋잖아. 당당하고."

원두의 말에 난 슬그머니 꼬리를 내렸다.

"그래도, 우리는 친구잖아."

흙을 치우느라 손은 흙투성이였다. 무릎에도 흙이 잔뜩 묻어있었지만, 우리는 서로를 바라보며 웃었다. 흙 묻은 손을 툭툭 털던 원두의 달콤한 한 마디는 영화보다 더 멋졌다.

"우리 백 원씩 나눠서 내일 점빵에서 과자 사 먹자."

너

이미 존재만으로 소중한데 의미를 부여한들 무슨 소용이랴.

이미 세상에 있어
굳이 그 사실을
느끼려 말하려
하지 않아도
넌 소중해

청소

책상이 조금 어지러워도 괜찮아
방 안이 조금 더러워도 괜찮아
집 안이 조금 복잡해도 괜찮아
차 안이 조금 지저분해도 괜찮아
옷이 조금 낡아도 괜찮아
눈치 보며 살 건 아니잖아
그
런
데
다른 사람이 보지 못하는 곳이
어지럽고
더럽고
복잡하고
지저분하고
낡으면
부끄러울 것 같아
마음은 나만 보잖아

흉내

친구가 차를 바꿨단다. 친구가 집을 샀단다. 친구가 땅을 샀단다. 부럽다. 졌다. 친구가 해외여행을 다녀왔단다. 친구가 고급 식당에서 저녁을 먹었단다. 친구가 야외 파티를 했단다. 부럽다. 졌다. 애쓴다. 그래도 마음은 아파하지 말자. 누군가를 나를 흉내내고 있을지도 모르니까.

전화통화

며칠 전 집안 장례식장을 두 곳 다녀왔다. 한 번은 처가 쪽이고, 한 번은 우리 집안이다. 처가 쪽에는 늦은 밤에, 우리 쪽은 오전에 다녀왔다. 장례식장에 들렀다 시간이 없어 인사만 하고 나오는 길에 어머님께 다녀간다고 전화를 했다.

— 여보세요?

— 여보세요? 접니다. 석이.

— 어.

— 머(뭐)합니까?

— 내 한 데(밖에) 있다. 쑥 캔다. 나중 너거(너희) 행님 오모 좀 보낼라꼬.(보낼려고)

— 참내. 그 뭐 한다꼬 그랍니까?(뭐하러 그럽니까?)

— 정때 행님 온다 캐서 좀 캐날라꼬.(오후에 형님 온다고 해서 좀 캐 놓으려고.)

— 또 쪼글시리가꼬 하지예?(또 무릎 굽혀서 하죠?)

— 아이다 앉아서 한다. 까는 거 깔았다.(아니, 앉아서)

— 알것소.

— 그래 와?

— 아, 장례식장 댕기 간다꼬예.

— 다 왔더나? 니 알아보더나?

— 잘 모리지예. 감동에 막내라 카께나 아, 하데예.

— 하모 모리끼다. 세월이 얼마고.

— 다른 행님들하고 통화했나?

— 아니예. 알아서 오것지예.

— 알것다.

— 끊습니데이. 대충 캐고 쉬소.

— 언냐. 들가라.

세월은 여기도 저기도 가고 오지 않는다.

못살아봐서 잘살고 싶다

친구들과 소주잔을 기울였다. 그냥 사는 이야기가 나왔다. 사는 것은 그냥 사는 것인데도 말이다.

"니는 와 할매들이 오래 살고 싶어 하는지 아나?"

"와?"

"80 넘은 할매, 할배들은 일제 강점기도 겪었제? 한국전쟁도 겪었제? 그리 못살던 시절을 살았으니까, 요즘은 어려운 것도 아닌 거지. 어른들이 우리보다 훨씬 부지런하고 열심히 일하제? 죽을 거같이 힘든 시절을 살았는데 요새처럼 이리 좋은 세상 와 못살 것노? 하는기다."

"맞네. 우리는 부모 덕에 고생을 그만큼 안 했고, 요즘 아이들은 우리보다 고생을 더 안 했으니 삶의 쓴맛도 모른 체 조금만 힘들면 죽겠다 죽겠단 하는 건가?"

"그렇다 봐야제. 진짜로 너 거 엄마도 다리 아푸다, 하면서도 작대기 한 개 짚고 내보다 빨리 밭고랑 논두렁을 뛰어 댕긴다. 그게 진짜로 살아본 사람들이 하는 기다."

"그렇지. 진짜로 우리는 잽이 안 되제."

"요즘 젊은 친구들도 80 넘은 어른매끼로 힘들게 살아봤으면, 삶이 얼매나 중한지 알지. 쉽게 죽는다는 말도 안 하지. 아니 못하지. 얼마나 살고 싶은지. 그리고 요새 어려운 게 어려운 건지 생각해 봐야 한다."

그랬다. 아니 한잔 술에 취해서 하는 말은 아니었다. 친구와 주고받은 그 말은 진짜였다. 우리는 이미 잘 알고 있으면서도 그 사실을 잊고, 아니 생각지 않으려 했다. 진짜로 어려움을 겪어보면, 그러니 '못살아 봤기에 더 살고 싶다'는 말, '못살아 봤기에 이렇게 좋은 세상에 살고 있으면서 어렵다'고 하는 말이 참으로 어이없다는 생각을 남겼다.

우리는 얼마나 '못살아 봤는가?'

나는 얼마나 '힘들게 살아 봤는가?'

그러기에 나는 어떻게 살아야 하고, 삶을 어떻게 생각해야 하는가? 나는 삶을 어떻게 받아들이고 내 삶을 어떻게 이끌어 가야 하는가? 깊은 고민에 빠지는 주말 오후다. 어제 마신 한 잔 술이 아직도 마음에 남아 있다.

눈을 깜빡이며

파란 하늘 하얀 해를 보니 눈부시다. 눈을 자꾸 깜빡이게 된다. 마주 잡은 손, 아이들의 웃음은 유모차를 끌고 지나는 할머니의 미소로 남는다. 연필을 든다. 책을 펴 읽다가 좋아서 한 줄, 눈물 나서 한 줄. 하얀 종이에 옮겨 적는다. 길가 작은 분식집에서 먹는 칼국수 한 그릇. 시골길에 넘어온 감나무 가지에 익어가는 단감 하나. 가을이 입에 들어온다.

전화기 너머 "밥 먹었나?"

엄마 목소리에 마음이 부르다.

"아빠, 언제 와요? 보고 싶어요."

아들 목소리는 힘이 난다.

옥상

영화를 보면, 꼭 고등학생들이 싸울 때면 옥상으로 따라오란다. 왜 하필 옥상일까? 갓난쟁이 아기들도 꼬물꼬물 기어서 계단을 오르려한다. 상 위로 기어오르려 애쓴다. 부자들의 펜트하우스는 늘 제일 꼭대기 층이더라. 사람은 왜 높은 곳으로 오르려 할까? 타인의 시선을 피하고 싶은 걸까? 그들을 부러워하는 사람들의 목을 아프게 하고 싶은 걸까? 모든 건물의 가장 높은 곳이 옥상이니, 학교 일진을 정하는 것도 옥상에서 결정짓는 걸가? 옥상은 태양이 비치는 가장 밝은 곳. 사람은 땅심으로 산다는 옛말도 있는데. 옥상도 사람의 이기심이 탄생한 새로운 공간일지도 모른다.

중앙분리대

붉은 윗입술 아랫입술
하얀 이 드러낸다

오고 가는 이의 사연
네 입술에 잘 담아 두렴

강연프로그램 '테드'를 보고

좋은 대화, 즉 소통은 미니스커트와 같아야 한다.
흥미를 유지할 만큼 짧고 주제를 담을 만큼 길어야 한다
말 잘하는 사람보다 잘 말하는 사람이 되자.

똥을 누듯이

작년에 입던 옷 버리기 아깝다고
서랍장 한 칸에 고이 접어두고
작년에 신던 신발 버리기 아깝다고
신발장 한 칸에 고이 모셔두고
내가 쓰던 물건 엄마는
언제나 아깝다고 무엇이든 꼭꼭 숨겨 놓아요
이제는 맞는 게 하나도 없다고
투덜대면서도 언제나 꼭꼭 숨겨 놓아요
어제 먹은 밥도 오늘 되면 저절로 똥으로 나오는데
내 물건은 언제 나올까요?

공부 잘하는 법

많이 읽으면 좋다지만 이왕이면 적게 읽어라. 많이 들으면 좋다지만 이왕이면 적게 들어라. 많다고 좋다지만 적으면 좋은 때가 더 많다. 예외가 있다면, 많이 생각하고 많이 말하고 많이 적어라. 뭐든지 직접 해봐야 아는 법, 평생을 읽고 들어도 내 것은 아니다. 내 것은 내 안에서 나오는 법.

상자

꼭 담아 두고 싶은 게 있다면 뚜껑을 열어두렴
누구든지 필요하면 조금씩 가져갈 수 있게 말야
담고 싶은 게 많다면 먼저 비워야 하는 법이니까

용돈

때론 넉넉하지 않아 미안하기도 하고
때론 줄 수 없어 미안하기도 하지만

긴히 잘 쓰라고 살며시 손에 쥐어주면
됐다고 손사래 치며 물리기를 몇 번
작은 행복 사이에서 우리는 줄타기 한다.

48시간

순간을 두 번 살 수 있다면, 나는 어떤 선택을 바꾸고 싶을까? 그 이유는 무엇일까?

한참을 고민해보지만, 이유를 찾기가 쉽지 않다. 그래서 시간은 물 흐르는 대로 흘려보내나 보다.

달걀

인생 그렇게 모나게 살지 말자
세상이란 무대에 이리저리 굴러야
삶이지

인생 그렇게 둥글게 살지 말자
세상이란 무대에 멈출 수 있어야
삶이지

모나지도 둥글지도 않게
삶은 달걀처럼

하나

자유로우니 하나라 좋구나
얽매이지 않아도 좋으니

외로우니 하나라 슬프구나
나를 옭아 맬 누군가 없으니

이런 우리는 영원한 반쪽

틈

무수한 점의 연속이 선이라는데, 너와 나는 무수한 틈의 연속이다.

가면

우리나라 사람들은 탈을 좋아하나 봐
왜 탈을 쓰고 저렇게 신나게 놀까?
서양 사람들은 가면을 좋아하나 봐
왜 가면을 쓰고 저렇게 신나게 놀까?
요즘 사람들도 가면을 좋아하나 봐
왜 실제보다 화면 속에서 더 신나게 놀까?

스트라이크

야구장에 갔어
스트라이크
볼링장에 갔어
스트라이크

스트라이크 하나는 좋은데
스트라이크 하나는 별로야

좋은 게 있으면 별로인 게 있어

와 그랬노?

니 내한테 와 그랬노?
니는 내한테 와 그랬노?

가만히 생각해보면
우리 둘이 똑같다.

딱 그만큼

어제보다 키가 조금 더 컸다
어제보다 몸무게가 조금 더 늘었다
어제보다 아는 게 조금 더 많아졌다
내 꿈도 어제보다 딱 그만큼만
더 커졌으면 좋겠다.

무한

벌러덩 드러누운 아기 엉덩이
무한한 능력을 드러내는
무한대 표시가 봉곳 솟았다.

내일 죽는다면

내일 죽는다면 오늘이 슬프다
오늘을 온전히 즐기지도 못했다
오늘을 온전히 사랑하지 못했다
내일이 되면 오늘이 어제가 된다
내일이 되면 내일이 오늘이 된다
살아있는 오늘을 온전히 누리자.

숫자

수 읽기를 배우는 아들이 물어본다.
"이거 어떻게 읽어요?"
"그렇게 큰 숫자 읽지 마라. 크다고 좋으냐?
옆에 있는 한 사람, 숫자 1이라도 잘 챙겨라."

시간과 가치는 어떤 관계인가?

최저임금 1만 원이 노동계와 경영계에서 큰 문제이다. 최저시급을 1만 원으로 올리면, 기본적인 인간의 권리를 누릴 수 있다는 노동계와 중소기업과 자영업자는 폐업할 것이라는 경영계의 입장이 첨예한 대립이다. 문제는 그 기준이 무엇인가에 달려있다. 최저시급 1만 원. 시간이 인간의 가치를 결정하는가? 아니면 인간의 가치를 결정하는 것은 시간의 생산성인가? 아니면 또 다른 그 무엇이 있는가?

돌아보다

비가 무척이나 많이 내리던 어느 날이었다. 아버지가 돌아가신 지 31년이 되던 그해 그날. 가족이 모여 아버지와 함께했던 시간을 돌아본다.

잠시 시간을 돌아보다 비가 많이 내려 집 주위 배수로를 돌아본다. 논두렁을 돌아보고, 밭을 돌아보며 고랑으로 물이 잘 빠졌는지 다시 돌아본다. 돌담 옆 도랑은 잘 흐르는지 돌아본다.

살다 보면 돌아볼 일이 하나둘이 아니다. 앞을 보고 달려가야 할 때가 더 많겠지만, 돌아볼 때도 있어야 한다. 시간도 잘 돌아보고, 내 주위 사람들도 잘 돌아보고, 정작 중요한 나 자신도 잘 돌아봐야 한다. 행여 누군가가 먼저 불러 돌아볼 수도 있겠지만, 내가 먼저 돌아본다면 얼마나 행복할까?

몸살

어쩔 수 없이 과하게 몸을 써먹어 온몸이 아프시나요? 아닐 거예요. 아마 당신의 마음이 편치 않아 온몸이 아플 거예요. 몸살은 몸에서 오지 않고 마음에서 오는 병이랍니다.

사진 없는 글

보여주는 외적 이미지가 중요한 세상이다. 내면이 어떻든 잘 생기고 화려하며, 멋지고 값비싼 외형이 중요해졌다. 책과 온라인의 온갖 글에 그림과 사진이 자리 잡았다. 이미지가 없으면 읽히지도 관심도 받지 못한다.

아이들을 위한 그림책은 문자와 이미지의 적절한 조화와 상상력을 자극한다지만 성인에게도 이미지가 필요한 이유는 상상을 하지 않고 눈에 보이는 것으로

갈아치우려는 단순함 때문일지도 모른다. 나는 어떤 독자인가? 글은 독자를 위한다고 하지만

정작 글을 쓰는 이는 무엇을 원하는가?

걱정

뭘 그리 걱정하세요?
어차피 지금은 존재하지 않는 시간
금방 지나가버릴 텐데요.

우리는 지나간 시간과
오지 않은 시간 사이를
살아갈 뿐이에요.

노크

함부로 변소 문 열지 마라
나오다 들어가는 수가 있다.

꿈보다 해몽

아침부터 아빠는 싱글벙글
“돼지가 품에 달려들었다.”
“똥 무더기에 철퍼덕 앉았다.”
“조상님이 숫자를 알려줬다.”
꿈보다 해몽
그래도 난
아빠 꿈이 이뤄지면 좋겠다.

한국 아이, 미국 아이

서시

사람의 도리는 당연히 지켜야 하듯
세상의 법은 최소한 지켜야 하듯
말과 글의 도리도 당연히 지켜야 하고
말과 글의 법은 최소한 지켜야지.

1

아버지께 혼이 났어. 오후 햇살이 따뜻했지만, 아직까지는 바람은 차가웠어. 어쩌면 차가운 소소리바람보다 찬 것은 내 마음일지도 몰라.

'내일이면 개학인데, 하필 오늘 꾸중을 듣다니. 전부 그 녀석 때문이야.'

씩씩거리며 골목을 돌아 나오는데 나는 갑자기 뻥- 하고 터지는 소리가 깜짝 놀랐어.

일요일이면 골목 어귀에 자리 잡은 뻥튀기 할머니의 기계가 가스 불 위에서 돌아갔어. 옛날에는 장작을 패서 풍로를 놀리던 뻥튀기 장수가 시골 동네마다 돌아다녔다고 아버지가 말씀하시곤 했어. 우리 동네 뻥튀기 할머니는 가스 불을 쓰시니 신식이라고 하셨지. 가끔씩 엄마랑 옥수수며 말린 떡가래를 가져다 튀겨 먹어. 고소하고 달콤한 맛이 일품이지. 일요일마다 골목 어귀에 자리를 잡은 할머니는 우리가 예쁘다며 옥수수, 쌀, 떡가래, 콩 뻥튀기를 한 움큼씩 주셔.

그런데 오늘은 기분이 엉망인데 할머니가 날 놀라게 하신 거지.

"할머니, 깜짝 놀랐잖아요. 뻥이요~를 맨날 먼저 하시더니."

나도 모르게 할머니께 화를 내고 말았어. 그랬더니 뻥튀기 할머니가 되레 고함을 치시는 거야.

"아, 녀석아. 뻥이요~를 하고 안 하고는 내 맘이지. 왜 니가 간섭이냐?"

"놀랬잖아요. 사람 나오는 데 갑자기 그러시니."

"내가 니가 나오는지 안 나오는지 어케 아냐? 말도 아닌 소리 하고 자빠졌네. 녀석하곤."

할머니 말에 슬며시 꼬리를 내리며 살짝 웃었지. 얘기했지? 사실은 할머니랑 나랑은 꽤 친하거든.

다른 때 같으면 자루에 담긴 뻥튀기도 얻어먹었는데 오늘은 영 기분이 아니야.

난 할머니를 뒤로하고 까뮈를 만나러 갔어. 까뮈는 말이 조금 어눌하고 피부색이 약간 검은 편이지. 왜냐고? 엄마가 베트남에서 오셨거든.

옛날에는 농촌에 다문화 가정이 많았데. 요즘은 옛 도심에도 외국인을 엄마로 둔 친구들이 많아. 우리 반에도 세 명이 다문화 가족 친구들이야. 엄마가 필리핀에서 온 까뮈, 중국인 엄마를 둔 예인, 베트남 엄마를 둔 영원. 반에서 조금 까부는 친구들은 여지없이 그 세 친구를 못살게 굴었어. 까뮈는 원래 이름은 영호야. 왜 까뮈라 불리냐고? 실은 우리 아버지랑 까뮈 아버지는 오래된 고향 친구 사이야. 고향 친구끼리 같은 동네에 사는 것도 참 복이라고 늘 자랑을 하셨지. 그래서 아버지가 까뮈 별명을 지어 주셨대. 동네에서 작은 도서관을 하는 아버진 늘 돈이 부족하다며 강의를 다니시곤 해. 아버진 책을 많이 보셔서 그런지 말을 참 잘하시는 거 같아. 어쨌든 두 분은 꽤 친하셨대. 아버지랑 까뮈 아버지께서 술 마시다 농담을 한 게 발단이 돼서 까뮈 별명이 나왔다고 들었어.

"이봐, 친구. 유명한 『이방인』이란 작품을 쓴 알베르트 까뮈 알지? 제수씨가 필리핀에서 왔으니까 한국에선 이방인이잖아. 그러니 영호를 '까뮈'라 부르면 멋지겠다. 언젠가 멋진 작가가 될 것 같지 않나?"

"장난하나? 너 울 애가 피부가 검다고 놀리나?"

"아, 이 친구. 아니래도. 진짜 좋은 의미로 말한 거라니까."

"의미는 좋은데 어감이 거참. 애매하네…."

뭐, 그렇게 두 분이 티격태격하다가 영호를 까뮈로 불렀다고 하더라고. 사실인지 아닌지는 확인할 방법은 없어.

우리가 4학년이 되던 해, 그러니까 작년에 까뮈 아버지가 돌아가셨으니까. 현장에서 일하시는 까뮈 아버진 늘 웃는 모습이셨는데, 그만 사고로 돌아가시고 말았어. 원래 조용하던 까뮈는 더 말이 없어졌어. 엄마하고만 사니 우리 말도 더 늘지 않았지. 그래도 난 언제나 마음 깊은 까뮈가 참 좋아.

2

어제 동네 놀이터에서 까뮈랑 놀고 있는데, 반에서 제일 힘이 센 동우가 까뮈를 심하게 놀렸어.

"야, 까뮈, 넌 엄마가 필리핀 사람인데 영어도 못 하냐? 우리 학원 필리핀 영어 선생은 영어 잘하는데. 니네 엄마도 필리핀 사람 아이가? 아, 필리핀 깡촌에서 살아서 그러네. 초등학교도 못 나온 거 아냐?"

"…."

아무 말도 못 하는 까뮈를 동우는 더 매몰차게 몰아쳤어.

"참, 병신 같네. 우리 말도 못 하고. 영어도 못 하고. 새까맣게 그을린 게 완전 튀기네. 너희 나라로 가라. 아버지도 없는 게."

"야. 이동우. 너 그딴 소리 할 거야? 너도 아버지 없잖아."

엉겁결에 튀어나온 말에 후회가 됐어. 힘센 동우에게 이길 자신이 없었거든. 그래도 한번 쏘아붙이고 나니 속은 시원하더라고.

"야, 장훈서, 너 뭐라 그랬어?"

결국엔 동우와 내가 한판 붙고 말았어. 된통 터지고 말았지만 말이야.

토요일에 모임에 갔다가 늦게 오신 아버지께 오늘 혼나고 말았지. 남자 자식이 밖에 나가서 맞고 다닌다고.

동우에게 맞고, 아버지께 혼까지 나기 정말 짜증 났어. 무엇보다 멍청하게 말 못하는 까뮈를 생각하니 그냥 막 화가 밀어 오르는 거야.

"야 까뮈. 너 진짜 그 따위로 할 거야? 왜 말도 못 해?

"미, 미안. 그냥 아무 말도 하기 싫었어."

"너 때문에 나만 혼났잖아. 아버지한테."

"미안. 그, 그런데 괜찮아? Are you OK?"

"그럭저럭. 야, 그런데 배고프지 않냐? 집에 라면 있어? 라면 먹자."

3

아침부터 아버지의 세설이 시작됐어.

"빨리 일어나서 챙겨야지. 학교 지각할라."

허둥지둥 일어나 시계를 봤지.

'이런, 오늘 새 학기 첫날인데.'

봄방학 내내 늦잠 자던 버릇이 결국에는 일을 내고 말았어. 서둘러 집을 나섰어.

"오늘 정훈이 입학식이라 엄마랑 학교 갈 거다. 마치고 도서관으로 오면 돼."

"네, 나중에 뵐게요."

서둘러 학교로 갔어. 나도 벌써 5학년이 된 거야. 장난꾸러기 내 동생은 말을 참 잘해. 춤도 제법 잘 추지. 늘 웃음꽃을 피우는 녀석이지. 동생도 벌써 1학년이 된다니. 시간이 참 잘 가는 것 같아.

3월인데도 날씨가 쌀쌀했어. 학교 앞은 학원과 학습지를 홍보하려는 사람들로 북적여. 멋진 정장을 입은 아저씨들과 예쁜 옷을 입은 이모들은 전단지와 사탕도 나눠주셔. 공짜니까 우리는 아침부터 횡재한 거지. 그래도 무거운 가방 메고, 전단지와 공책이 든 봉지를 서너 개 들고 나니, 영 불편한 건 사실이야.

'쳇, 이제 공부도 많이 해야겠는걸. 그래도 다행히 아버진 공부는 많이 안 시키니 다행이야.'

"까뮈, 기분 어때?"

"응, 훈서. 안녕. 같은 반 되니까 좋다."

반달눈을 가진 까뮈가 날 보며 웃었어.

"영원아, 안녕." 친구들을 보니, 학교에 다니는 일도 즐거운 일이라는 생각이 들어. 영원이는 까뮈와 같이 3학년 때 우리 아버지와 함께하는 문화체험 프로그램을 같이했던 친구야. 다문화가족이다 보니 부모님들이 서로 마음이 맞았나 봐. 우린 아버지와 함께 다양한 체험 학습을 다녔어. 산을 오르고, 계곡에 가서 가재도 관찰했지. 서로 힘을 합해 환경 신문도 만들고, 글쓰기 대회에도 나갔어. 미술관 체험도 빠질 수 없는 코스였지. 같이 뛰어놀다 보니 더욱 친해졌어. 엄마가 다른 나라에서 온 것은 아무 문제도 되지 않았어. 늘 뭉쳐 다니니 다른 애들도 쉬이 놀리진 못했지. 하지만 아버지가 바빠져서 4학년 때는 아무것도 할 수가 없었어. 반도 달라지면서 조금은 서로에게 멀어지기도 했고. 5학년이 되면서 우린 다시 같은 반이 되었어. 좋은 친구들과 한 반이 된다는 건 맛있는 된장국을 먹는 것처럼 행복한 일이잖아.

수업 종이 울렸어. 얼른 자리에 앉았지. 키 작은 나는 아마 나중에 앞자리로 옮겨야 할 것 같아. 지금까지 계속 그랬으니 말이야. 선생님이 들어오셨어. 이번에 새로 오신 선생님이셔. 선생님은 이름과 전화번호를 칠판에 크게 적으셨어.

"여러분, 반가워요. 제 이름은 권 영미에요. 일 년 동안 여러분과 행복한 시간을 보내고 싶어요."

선생님의 말씀이 끝나자, 노란 머리칼이 어깨를 넘어 내려온 하얀 얼굴의 여자아이가 들어왔어. 아이들은 여기저기서 웅성거리기 시작했지. 난리가 난 거야.

"훈서야, 미국 아이다." 까뛰가 고개를 돌려, 말을 걸었어.

"그러게. 우와, 우리 학교에 미국 아이가 전학을 왔네."

노랑머리의 외국 아이의 등장에 교실은 들썩이기 시작했어. 가만히 보니 꽤 귀여웠지.

"넌 아버지가 영어 가르치니 너도 영어 잘하지? 나중에 영어로 얘기해봐." 영원이가 씩 웃으며 말했어.

"난 영어 잘 못해."

하지만 속으로 이야기를 걸고 싶은 욕심이 살짝 생겼지.

"그레이스, 세이 헬로 투 유어 프렌즈, 플리즈."

선생님은 그레이스를 보며 다정히 말했다.

"예스, 맴, 땡큐"

역시 미국 아이의 발음은 좋았다.

"안녕하세요? 반갑습니다. 저 미쿡 왔어요. 한쿡 온 지 육 달 됐어요."

의자 끝에 간당간당 앉아 있던 나는 깜짝 놀라 넘어질 뻔했어.

'우와, 우리말을 정말 잘한다. 그런데 우리말이 진짜 우습다.'

"I'd like to be a good friend with you all. Thank you(저는 여러분과 좋은 친구가 되고 싶어요)."

그레이스의 인사는 짧게 끝났어.

'좋은 친구?'

말이 무척 빨랐어. 다 알아듣지는 못했지만 그레이스의 인상이 무척이나 마음에 들었어.

"Grace, take your seat over there, please." 선생님이 손을 내밀어 내 옆자리를 가리켰어.

'이런, 그레이스가 내 짝지가 되다니……'

얼굴은 붉어지고, 이마엔 땀이 송송 맺혔다.

"그레이스는 아버지가 우리 도시에서 일하시게 되어서 가족과 함께 왔어요. 그레이스처럼 외국 학생이 우리나라 일반 학교에 다니는 경우는 아주 드물어요. 또, 그레이스는 아직 한국말이 서투니 많이 도와주고, 잘 챙겨 주면 좋겠어요."

선생님은 몇 가지 안내사항을 전달하셨고, 이내 쉬는 시간이 되었어.

"Hi, My name is Grace. And yours?"

갑작스러운 인사에 너무 당황했다.

"하, 하이. 훈서. 장 훈서."

몽그작거리며 겨우 말을 이었다. 집에서 아버지랑 몇 마디 나누는 것과는 완전 딴판이었어.

"만나서 반가워."

어색하지만 우리말을 하는 그레이스가 귀여웠다.

수업이 끝나자, 아이들은 내 자리로 몰려들었어. 정확히 내가 아니라 그레이스에게. 한바탕 왁자지껄 소란을 피운 친구들은 수업이 끝나고, 방과 후 교실로 학원으로 뿔뿔이 흩어졌어. 나는 아버지 도서관으로 향했다. 교문을 나서는데 그레이스가 쫓아왔다.

"훈서, Wait! Come with me."

그레이스와 나란히 걷는 것이 나쁘진 않았지만, 지금까지 겪은 가장 난감한 순간이었어.

"어디에 너 살아요?"

우스꽝스러운 우리말이 정말 웃겼어. 나도 모르게 쿡쿡 웃음이 났지.

"What are you laughing at?"

의아한 듯 묻는 그레이스가 깜찍했어. 하지만 그레이스의 말을 다 알아들을 순 없었어.

"뭐라 했노?"

"뭐라 해노?"

그레이스는 내 말도 우스꽝스럽게 따라했어. 서로 말이 잘 통하지 않으니, 우린 그냥 걸었지. 육교를 건너, 나는 도서관으로 갔어.

"나 가야 돼. 안녕."

"You have to go? I hope……. Bye. See you."

바람에 날리는 그레이스의 노란 머리칼을 잠시 바라봤어.

'이상하다. 같은 영어인데 왜 다르지?'

영어를 사용하는 까뮈 엄마 영어랑 뭔가가 조금은 다른 느낌이 들었어. 물론 까뮈가 쓰는 영어도 뭔가 조금은 다른 느낌이야. 가끔 까뮈 엄마도 영어로 말씀을 하셔. 그런데 까뮈 엄마 영어, 그러니까 까뮈가 하는 영어랑 그레이스의 소리가 조금 다르다는 생각이 든 거야. 골똘히 생각을 해봤어. 도무지 모르겠어. 길을 건너려는데 자동차의 경적이 울렸다. 깜짝 놀라 정신을 차렸다. 그레이스를 생각하며 계단을 오르다가 피식 웃음이 났어.

4

"오, 훈서. 왔나?" 아버지는 화분에 식물을 심고 계셨어.

"뭐 하세요?"

"응. 봄단장 좀 해야지. 도서관 분위기도 시원하게 살리고. 친구들이 놀러 오면 녹색식물이 있으면 좋잖아. 하하하."

"훈서야. 오늘 정훈이 입학식 멋지게 잘했다. 정훈인 2반인데, 넌 몇 반이니?"

정훈이에게 책을 읽어주던 엄마 말에 난 엉뚱한 말이 나오고 말았어.

"아, 예, 오늘 완전 대박 사건이 있어요. 미국 여자애가 우리 반에 전학 왔어요. 노란 머리에 갈색 눈인데요. 키는 저보다 조금 크고. 그리고 제 짝지에요. 영어도 잘하고, 우리말도 엄청 잘해요. 아버지 따라 왔다는데, 그리고…."

속사포처럼 쏟아지는 내 말에 엄마가 깜짝 놀라며 되물었다.

"뭐? 진짜? 미국애가? 와! 훈서 완전 좋겠네. 그래, 영어로 말은 해 봤어? 정훈아, 형아 짝지가 미국 애래."

"아이쿠! 참. 당신도 너무하네. 좀 천천히."

아버지도 내 이야기에 관심이 있는 듯 끼어들었다.

"그래, 훈서야. 미국 친구가 반에 들어오니 좋니?"

"그럼요. 어른 외국인은 가끔 보지만, 어린이는 처음 보거든요. 아버지가 만나서 이야기해 볼래요? 뭐라고 하는데 잘 못 알아듣겠어요. 그리고 우리말도 아주 우습게 해요."

"그렇구나. 미국 아이가 우리말 하는 게 우습게 들렸구나. 맞아.

아마 우리 영어도 그들에겐 이상할걸."

아버진 알 수 없는 말을 했어.

"그게 무슨 말이에요?"

"잘 생각해봐. 까뮈나 영원이, 예인이가 하는 우리말이 뭔가 조금은 다르지 않던?"

"그건 엄마가 다른 나라에서 왔으니 말이 섞여서 그런 거 아니에요?"

"맞아. 소리란 민족의 고유한 정서를 담고 있는 거야. 우리나라도 지역별로 말투가 다 다르잖아. 심지어는 단어도 다르고. 소리란 그렇게 민족의 특성을 나타내는 거야."

"무슨 말인지 하나도 모르겠어요. 그냥 책이나 볼래요."

난 의자에 앉아 책을 잡았어. 얼마 전부터 읽고 있는 동화인데 꽤 재미있어. 작가가 누구냐 하면, 바로 우리 아버지야. 내가 말 안 했나? 아버진 여러 곳에 강의도 다니지만 작가야. 동화도 쓰고 시나 수필도 써. 그래서 늘 돈이 없대.

"훈서야. 아버지가 잠시 이야기해줄 게 있는데…."

"뭐에요?"

"소리의 차이 말이야. 가수들이 목이 잘 쉴까? 아닐까?"

"가수가 목이 쉬면 가수 못 하잖아요. 콘서트를 한두 번 하는 것도 아닌데."

내가 머뭇거리다가 엄마가 옆에서 거들었어.

"당연하지. 가수가 목이 쉬면 가수 못하지. 그래서 가수들은 목으로 소리를 내지 않고 배로 숨을 쉬고 내뱉지. 그런 호흡을 우린 복식호흡이라고 해. 가수들이 목이 잘 쉬지 않는 것처럼 서양

인들도 목이 잘 쉬지 않아. 그 이유가 바로 호흡의 차이에서 오는 거지."

"어? 우리는 고함 좀 치고 노래 크게 부르면 금방 목이 쉬는데. 도대체 호흡의 차이가 뭐죠?"

"우리 한국의 소리는 낱글자 모두를 정확하게 발음하려고 하는 경향이 있어. 그래서 소리가 끊어지는 느낌이 나지. 그런데 영어는 굉장히 빠르게 들리잖아. 말 그대로 숨을 한번 들이쉬고 내뱉는 동안에는 호흡이 끊어지지 않지. 마치 가수들이 노래 부르는 것처럼."

무슨 말인지 하나도 알아들을 수가 없었어.

"어떤 차이가 있단 말이죠? 도통 모르겠네."

"그럼 이 영어를 읽어봐." 아버진 스케치북에 영어를 썼다.

'Do you understand what I mean?'

"두 유 언더스탠드 왓 아이 미인?" 나는 최대한 영어 발음을 살려서 읽었다.

"내가 한번 읽어볼게. 쥬언드스땐와다이미인? 차이가 느껴지니?"

"아버지 발음은 빨라요."

"단순히 빠른 게 아냐. 넌 두. 유. 언더스탠드. 왓. 아이. 미인? 하고 끊어 읽었고, 난 그냥 숨을 한번 내쉴 때 전부 소리 냈지. 그게 차이야."

"아, 머리 아파. 무슨 말인지 모르겠네."

"또, 의미 전달을 잘하려면 중요한 소리는 강하게 해줘야 해. 그걸 단어에서는 강세(stress)라고 하고, 문장에서는 억양(intonation)이라고 하는 거야. 그것만 잘 지켜도 영어 발음이 굉장히 좋아지지. 열심히 연습해 봐."

"무슨 말이지 모르지만, 알겠어요."

"쓰기도 마찬가지야. 우리말은 모아서 글을 써. 세로로 철자를 모아쓰잖아. 그런데 영어는 가로쓰기를 하잖아. 철자를 옆으로 쭉 늘여 놓잖아."

"그거야…."

"글자의 차이는 소리 내는 방식이 다르다는 것을 의미하지. 일본 사람들도 받침이 있는 소리는 발음하기 힘들어."

"네? 무슨 말인지 모르지만, 또 알겠어요."

"그래. 나 간다."

아버지는 일장연설을 끝내셨지.

"어디 가요? 애들은 제가 데리고 갈까요?" 엄마도 가방을 챙기며 자리에서 일어섰지.

"나 오후에 강의가 있어. 먼저 간다. 나중에 봐요. 다들. 참 훈서는 까뮈한테 한번 가보고."

'참, 까뮈를 깜빡하고 있었어. 까뮈 혼자 집에 있을 건데.'

"아버지, 까뮈 도서관에 놀러오면 안 돼요?"

"세상에 안 될 일이 어디 있나? 하지만, 오늘은 안 되고. 조금 있으면 까뮈하고 전에 친구들 다시 공부할 거야. 나, 간다."

시험

떨리는 가슴 안고 조용히 들어선다
서로가 꼭 닮은 모습으로 두근두근
후련한 가슴 안고 와르르 쏟아진다
서로가 꼭 닮은 모습으로 왁자지껄
성적표 받는 날
웃던 놈도 울고 울고 울던 놈도 웃고 웃고.

김치

루즈 바른 그녀의 입술보다
뜨겁고 화끈하게 맛있다.

덤

콩 한 되만 주세요
옜소, 이건 덤이요
오일장, 콩 할매의 됫박에는
정이 넘친다.

마중

오나?
반가운 마음에 맨발로 뛰어나온다
엄마는

얼른 가세요
반가운 마음에 맨발로 문을 연다
자식은

부모의 마중과 자식의 마중은 극과 극이다

일기

생각지도 못한 일이 일어나고 말았다. 미처 생각하지 못했기에 어느새 지나간 줄도 몰랐을까? 아마 생각지도 못한 일이 아니라, 기억하지 못하는 일인지도 모르겠다. 남겨 뒀어야 했다는 마음이 앞선다. 벌어진 일을 후회만 할 것이 아니라, 기록해 둘 것을. 헛된 망상과 어긋난 기억이 온전함을 어지럽히기 전에 남겨 둘 것을. 그렇다. 일어난 일만 남겨 둘 것이 아니라, 내 마음도 기록하고, 남겨두고, 기억하자. 언제 내 마음을 잊을지도 모르니까.

흘러간 하루를
아쉬워하며 쓰는 _

역마살

사람이 사람으로 태어나 얼마나 사람답게 사는가가 중요하다고 말하곤 한다. 사람은 타고난 꼴이 있다고 하니, 그래서 관상이니, 손금이니, 사주팔자가 아직도 인기가 있는 이유인지도 모르겠다. 그래서 이런 말도 나오긴 하나 보다. 꼴값한다는 말. 꼴, 꼴, 꼴. 나의 꼴은 어떤지 가만히 방구석에 누워 생각하다 보니 온몸에 좀이 쑤신다. 내 꼴은 가만히 있을 팔자가 아닌가 보다. 오늘도 꼴에 맞춰 몸을 꼼지락거려본다.

돌 사진

엄마는 늘 이렇게 말하세요
이때는 정말 예뻤는데…
엄마는 늘 이렇게 말하세요
이때는 정말 착했는데…

한 번도 제대로 떠올리지 못한
엄마가 말하는 그때
아무리 생각해도 생각나지 않는
엄마가 말하는 그때

엄마, 그때가 언제야?
봐봐, 니 돌 사진
정말 귀엽지?
눈에 넣어도 아프지 않았는데…

엄마 그럼 지금 나는 어때?
…

내가 더 어른이 되면 엄마는
꼭 같이 말하실걸. 이때가 좋았다고.

산머루

오월의 태양은 아름답다고 했다. 그러나 세월이 흐르는 지금의 오월, 그 태양은 뜨겁다.

한 모금 빛을 안은 산머루, 너는 왜 산이 있지 아니하니? 그 좁은 화분, 플라스틱 화분에 들어 앉아 갑갑하지 않느냐?

누가 널 그곳에 가둬 놓았구나. 나쁜 사람. 너의 꼬부랑 손마디는 친구들과 부여잡아 뻗어 나갈 것을. 너는 홀로 외로이 구부러진 손마디를 바람에 내맡기고 있구나.

쭉쭉 빨아올릴 물도 없고, 쭉쭉 뻗어 갈 힘도 없구나. 검정 플라스틱 통 안에서 그렇게 혼자 속만 태우지. 속이 타는 사람은 크지 않는 법이다. 너도 속이 타서 자라지 않느냐?

송글송글 맺힐 머루 알맹이, 알맹이 맺을 힘이 없느냐? 내 올해 추위가 가고 나거든 널 산으로 보내주마. 내가 욕심이었구나. 널 곁에 두고, 널 갖고자 했던 내 욕심이었네. 네가 자라지 못하는 걸 보니 이제야 내 욕심이란 걸 알겠네.

미안구나. 미안구나. 너도 가라. 이제는 네 자유 찾아서 가거라. 올해 추위 가거든 내 널 산에 보내줄 거야. 산머루야.

개나리 처녀

"개~나리 우~물가~에 사랑 찾~는 개나리~처녀." 어머님의 노래는 그렇게 시작되었다. 일흔 아홉 평생 노래방이라고는 딱 한 번 가 보신 어머님. 내 나이 스물에 어머님의 노랫가락을 처음으로 들었다. 어린 시절, 동네잔치에서, 결혼식장을 오가는 버스 안에서, 언제나 어머님도 노래를 불렀고, 나 역시 어머님의 노래를 따라 불렀다고 생각했다. 나이에 비해 어른들이 부르는 노래를 많이 알던 나였기에 더욱 그렇게 믿었다. 하지만 그것은 착각이었다. 어머님이 제일 좋아하신다는 그 노래는 처음 듣는 것이었다. 그렇게 처음 들은 어머님의 노래는 불혹이 되어가는 지금까지 다시 들어보지 못하였다.

19년 전 음력 시월 스무사흘은 어머님의 환갑이었다. 당시엔 환갑잔치를 집에서 크게 하는 편이었다. 하지만 야속한 아버님이 어머님을 홀로 두고 떠나셨기에, 형님들은 어머님의 환갑잔치를 가족 여행으로 결정했다. 그때까지 명절을 제외하곤 한 번도 온 가족이 모여 본 적이 없었다. 첫째와 막내가 17년 터울이다. 중간에 자식들이 네 명이 더 있으니 자식들의 성장기는 모두 외지에서 각자 생활에 바빠 모이기 힘들었기 때문이다. 대부분의 시골 농부들이 그렇듯 가족여행을 꿈꾸기에는 너무도 턱없는 여건들이었다. 그렇기에 당시의 가족여행은 멋진 기회임에 틀림없었다.

이제는 이 막내의 기억 저편에 가물가물 사라져 가는 유성온천으로의 가족 여행. 어디를 구경하고, 무엇을 했는지 기억이 나지 않는다. 처음으로 가족과 함께 들어간 호텔. 근사한 침대도 있을 것이라 막연한 기대에 부풀었지만, 조금은 넓은 온돌마루에 가지런히 놓인 이불 몇 채가 고작이었던 호텔에서 어머님은 가격이 비싸다며 역정을 내셨다. 겨우 어머님을 진정시켜 방을 잡았다. 그리고 인근 식당으로 저녁을 먹으로 갔다. 낡은 봉고차 한 대로 장거리를 달린 우리는 '밥 달라'는 배를 안고 인근 식당으로 저녁을 먹으로 갔다. 모두들 김치찌개, 된장찌개, 갈비탕을 시켰다. 그 순간, 메뉴판에 보이는 장어구이. 큰 형님은 어머님께서 드실 장어구이를 시켰다. 단 두 마리. 그 장어는 어머님의 몫임에 틀림없었다. 하지만 철없는 이 막내의 입에서 장어는 서서히 녹고 있었다. 세상의 모든 어머니들이 그러하듯 당신은 갈비탕 한 그릇에 배가 부르다며, 막내의 밥 그릇 위에 장어를 올려 주셨다. 볼록 솟아오른 배를 보며, 언제 허기를 느꼈냐는 듯 행복한 포만감에 저절로 웃음이 났다. 가족 중에서 최신식인 내가 제안을 했다.

"우리 노래방 가입시더. 식구끼리 노래방 한 번도 안 가봤다 아입니꺼?"

"노래방은 뭐하로? 씰데 없는데 돈 쓰지 마라."

어머님의 반대는 이상하게 '좋다'라는 느낌으로 다가왔다. 어머니도 틀림없이 기분은 좋은 가족여행이라 확신할 수 있었다.

처음 등장한 노래방은 삼백 원에 노래 한 곡을 부를 수 있었다. 그래도 대전은 제법 대도시라 노래방 한 시간에 얼마간의 돈을 지불하고 이용할 수 있었다. 그렇게 노래방에서 온 식구가 신나게 노래를 불렀다. 정말이지 내 인생의 최고 행복한 날이었다. 이제는 어머님의 차례였다.

“엄마, 노래 한 곡 하이소. 제목은 뭐 할 낍니까?”

“개나리 처녀. 함 시작해바라.”

어머님의 대답은 의외로 간단했다. 그렇게 어머님의 노래는 시작되었다. 어머님의 노래를 듣고 있던 순간 왜 눈물이 흘렀는지 모르겠다. 하지만 왠지 기분이 좋으면서도 알 수 없는 슬픔이 밀려왔다. 그 후론 어머님의 노래를 다시 들을 수는 없었다. 그저 논밭에서 일하시며 한탄 섞인 흥얼거림만 들을 수 있을 뿐이었다. 이제는 어머님의 ‘개나리 처녀’는 시골에 내려갈 때마다 나의 입에서 흘러나온다. 팔순을 바라보며, 아직도 혼자서 농사를 지어 자식들에게 아낌없이 퍼주시는 어머님의 그 노래는 이제 나의 입에서 술술 흘러나온다. 어머니를 생각하면 절로 나오는 노래. 올해 어머님의 생신에는 꼭 노래방에 모시고 가 어머님의 ‘개나리 처녀’를 다시 듣고 싶다. 두 아들의 건강한 아버지로 길러 주신 내 어머님의 노래를 다시 한 번 듣고 싶다.

“개~나리 우~물가~에 사랑 찾~는 개나리~처녀.” 어머님의 노래는 아직 끝나지 않았다. 어머니는 팔순의 개나리 처녀다.

물음에 대하여

시대가 급변하면서 '우리는 앞으로 어떻게 해야 하는가?'라는 무시무시한 질문을 받으며 살아간다. 육아현장에서, 교육현장에서, 취업과 창업현장에서, 그리고 은퇴 현장과 죽음의 장면에서도 '어떻게 할까?'라는 의문이 멈추질 않는다. 너무도 과도한 질문들이 아닐까 하면서도 못내 수긍을 할 수밖에 없어 슬프다.

우리는 답을 찾는 데 익숙해져있다. 답을 알아야 문제를 해결할 수 있다고 믿기 때문일까? 답을 찾는 교육에 익숙해져서일까? 정작 중요한 것은 질문을 찾는 데서 시작인데도 말이다. 세상에 대한 의문이 없었다면, 인류는 이렇게 발전할 수 있었을까? 주어진 환경에 맞추어 답을 찾아 진화만 했다면 사람은 동물과 별반 다름없는 존재였을 것이다. 세상에 대한 질문이야말로 세상을 바꾼 위대한 힘의 첫걸음이었다. 물음은 언제나 모든 변화의 시작이다.

몇 해 전 캐나다 브리티시 컬럼비아 대학의 맨디 랜 캐트런 교수는 '누군가와 사랑에 빠지고 싶다면 이렇게 하세요.'라는 글을 뉴욕타임스 '현대의 사랑' 칼럼에 실었다. 심리학자 아서 아론 등이 개발한 36개의 질문을 직접 실험한 그녀는 테드(www.ted.com) 강연에서 엄청난 이목을 끌며 인기를 얻었다. 낯선 이들에겐 사적인 질문일 수도 있으나, 관계를 단단하게 하는 36개의 질문. 여기 36개의 질문을 인용한다.

사랑으로 이끄는 36개의 질문

1. 이 세상에서 누구와도 저녁 식사를 할 수 있다면, 누구를 초대하시겠어요?
2. 유명해지고 싶으신가요? 어떻게 유명해질 수 있을까요?
3. 전화하기 전에 상대방에게 뭐라고 말할지 연습하나요? 왜 그렇게 하시죠?
4. 당신에게 완벽한 날이란 어떤 날인가요?
5. 언제 자신을 위해 마지막으로 노래를 불렀나요? 다른 사람을 위해서는?
6. 90살까지 살 수 있고 마지막 60년을 서른 살의 마음, 혹은 서른 살의 몸으로 살 수 있다고 해 봅시다. 몸과 마음 중 어느 쪽을 택할 건가요?
7. 자신이 어떻게 죽을 것 같다는 직감이 있나요?
8. 당신과 상대방의 공통점 세 가지를 말해봅시다.
9. 당신의 인생에서 가장 감사하는 일은 무엇인가요?
10. 어린 시절에서 하나를 바꾼다면 어떤 걸 바꾸고 싶나요?
11. 4분 동안 생각한 다음, 당신 인생을 가능한 한 자세히 상대방에게 이야기해주세요.
12. 내일 침대에서 일어났을 때 새로운 능력을 갖추게 된다면 어떤 능력을 가지고 싶나요?
13. 당신의 인생이나 미래에 대해 무엇이든 말해주는 수정구가 있다면, 무엇을 물을까요?
14. 오랫동안 하고 싶었던 일이 있나요? 왜 그 일을 하지 않았나요?

15. 지금까지 당신 인생에서 가장 잘한 일이 어떤 건가요?
16. 친구 사이에 가장 중요하게 생각하는 건 어떤 것이죠?
17. 가장 소중한 기억이 뭔가요?
18. 가장 끔찍한 기억은요?
19. 1년 뒤 갑자기 죽을 것이라는 사실을 알게 된다면 지금 당신의 삶을 바꿀 건가요? 왜 그렇죠?
20. 친구는 당신에게 어떤 의미인가요?
21. 사랑과 애정은 당신의 삶에서 어떤 의미인가요?
22. 상대방의 장점 5가지를 서로 말해보세요.
23. 당신의 가족은 얼마나 화기애애한가요? 당신은 어린 시절을 다른 이들보다 더 행복하게 보냈다고 생각하나요?
24. 어머니와의 사이가 어떤가요?
25. "우리"로 시작하는 문장 세 가지를 말해보세요. 예를 들어, "우리는 둘 다 어떠어떠한 느낌을 가지고 있습니다." 같은 문장 말이죠.
26. 이 문장을 완성해보세요. "나는 ~을 함께 나눌 누군가가 있었으면 좋겠다."
27. 상대방이 나와 가까운 친구가 되기 위해 나에 대해 알아야 하는 것을 말해보세요.
28. 상대방에 대해 마음에 드는 점을 말해보세요. 아주 솔직해야 합니다. 처음 만난 사람에게는 하지 않을 이야기라도 말해야 한다는 뜻이죠.
29. 당신의 삶에서 당황스러웠던 순간을 이야기해봅시다.
30. 가장 최근에 다른 사람 앞에서 울었던 것이 언제인가요? 혼자

운 적이 있나요?

31. 상대방에 대해 이미 좋아하게 된 것들을 말해보세요.
32. 혹시 농담으로라도 말해서는 안 되는 것이 있다면 어떤 것들이 있을까요?
33. 오늘 밤 누구와도 연락하지 못한 상태에서 죽게 된다면, 그 말을 하지 못한 것을 가장 후회할 사람이 있나요? 왜 아직까지 그 말을 하지 못했나요?
34. 당신의 모든 것이 있는 집이 불에 타고 있습니다. 가족들을 다 구한 후 마지막 한 가지를 가지고 올 수 있습니다. 어떤 것을 가지고 나올 건가요?
35. 당신 가족 중에 누구의 죽음을 당신은 가장 슬퍼할 것 같나요? 그 이유는 뭔가요?
36. 당신의 문제를 털어놓고 상대방에게 조언을 구해보세요. 그리고 상대방에게, 내가 그 문제를 어떻게 느끼고 있을지를 생각해보라고 말하세요.

이 질문을 서로에게 할 수만 있다면, 정말 사랑에 빠질 것 같다. 해보지 않았는데도 유명인의 말이라고 하니 저절로 고개가 숙여진다. 역시 사람은 답이 있으면 편하다. 사랑에 빠지는 것마저도.

타인과의 사랑에 빠지기 위해, 사랑에 빠진 후에도 우리는 수없는 질문을 한다. '나 사랑해?'로 시작해 '오늘 뭐 먹을래?'로 이어지는 단순한 질문부터 '앞으로 우리 어떻게 할까?'라는 깊은 질문까지. 역시 질문은 끝없는 새로운 변화의 시작점이다. 사랑을 얻고 싶고, 세상을 알고 싶은 우리의 욕망이야 당연하지만, 세상을 알기 전에 우리가 먼저 알아야 할 대상이 있다. 바로 자신이다. 나를 알지 못하고 타인과 세상을 알고자 한다면 너무 큰 욕심이다. 그런데 '나'라는 존재에 대해 아는 것은 거의 불가능해 보인다.

"나는 누구인가?"

라는 질문에 감히 대답할 수 있다면, 나는 그를 신이라 부를 것이다. 제아무리 위대한 철학자라 하더라도 늘 자신에 대한 질문만은 잠시 내려둔 채 세상에 대한 일침을 가한다. 아마 자신이 누군지 알 수 있는 사람이 없기 때문이리라. 결국은

"나는 누구인가?"

라는 질문에 명쾌한 답을 내릴 수 있는 존재는 없다. 그렇다고 나 자신에 대해 알기를 포기하면 안 된다. 끊임없이 자신에게 질문을 해야 한다.

"나는 누구인가?"

단 하나의 명쾌한 답도 내릴 수 없고, 수많은 혼돈 속에서도 '나'를 찾아 떠나는 여행은 계속되어야 한다. 결론이 있다면, 이 질문에는 답이 없다. 아니, 오히려 답이 너무 많을 뿐이다. 그렇기에 쉼 없이 물어보면서 순간의 나를 찾아가야 한다. 톨스토이도 『인생이란 무엇인가』라는 대작에서 단순한 질문 하나를 비켜간 듯하다. '인생이 무엇인가?'를 묻기 전에 '나는 누구인가?'라는 질문에 살며시 대답을 했다면 얼마나 좋았을까? 세상에 대한 부조리를 비판하기에 앞서 '나'에 대한 하나의 답이라도 주었다면 얼마나 좋았을까?

'지혜를 간구하는 삶'을 살아가는 존재였다는 그의 말이 어쩌면 '나는 누구인가?'에 대한 답일지도 모른다. 그는 자신의 존재에 대

한 작은 실마리를 '지혜를 나누는 사람'으로 규정했을 것이다. 정말 단순하면서도 이상적인 말이지만, 우리가 그를 위대한 철학자이자 작가로 칭송하는 이유일지도 모른다.

그렇다면 다시 나에게 질문을 던져야겠다.

"나는 누구인가?"

소나기

문어 먹물이 하늘에 퍼진다
하늘은 금방 검게 물들고
장대비는 겁 없이 쏟아진다
한 대 맞으면 제법 아파서
손으로 하늘을 가려 본다
제 아무리 가려도 먹구름이 몰리면 누구나 알지
이제 곧 장대비가 쏟아지겠지
먹구름이 물러가면 누구나 알지
이제 곧 무지개가 활짝 지겠지.

글자 도깨비

오늘도 아침부터 전쟁입니다. 늦잠꾸러기 정훈이는 이불 속에서 발가락만 꼬물대고 있습니다.

"어이! 장정훈. 얼른 일어나라. 오늘도 헐레벌떡 서둘러야겠다."

"아버지, 조금만 더 자면 안 돼요?"

"벌써 늦었다. 엄마도 출근하고 안 계시잖아. 우리가 급하다. 형은 벌써 다 챙겼다."

"알았어요. 알았어."

입으로는 투덜대고 있지만, 이불을 걷어 올리는 모습이 평소와 같습니다. 날쌘돌이 정훈이는 후다닥 씻고 나와서 밥을 먹습니다.

"형은 오늘 몇 시에 마쳐?"

밥을 먹던 정훈이는 훈서에게 말을 겁니다.

"나? 오늘 수요일이네. 2시에 마치지. 맞네. 아싸! 오늘 게임하는 날이다."

매주 수요일과 토요일에는 한 시간씩 마음껏 게임을 할 수 있습니다. 완전한 자유시간이지요. 요즘 친구들이 다 하는 게임을 아버지도 막을 재간이 없었습니다.

"그럼 난 한 시에 마치니까 내가 먼저 게임한다."

정훈이도 게임할 생각이 벌써 신이 났습니다.

"이놈들아, 머릿속에 게임 생각밖에 없나? 아버지가 도서관 하는데 너희들이라도 책 좀 읽어야지."

아버지는 늘 게임 생각하는 요즘 아이들이 걱정이라며, 짜증을

냅니다.

"책 많이 읽어요."

평소에 책을 즐겨 읽는 훈서는 아버지 말에 은근히 섭섭합니다.

"그래, 알았다. 얼른 챙겨서 학교 가거라. 아버지 나중에 강의 마치고 도서관 갈 테니까 도서관에서 보자."

이른 아침, 정훈이네 삼부자는 정신없는 시간을 보내고 각자의 길을 갑니다.

"엄마, 내일 학교에서 학부모 교육 있대요. 오실 수 있어요?" 훈서는 엄마에게 안내장을 건넸습니다.

"정훈이는 아무 말 안 하던데. 정훈아."

"네, 훈이는 오늘 안내장 없나?"

"있어요. 여기요."

정훈이도 안내장을 가방에서 꺼냅니다.

"무슨 내일 교육인데 오늘 안내장을 주냐? 참, 학교도."

"아니에요. 사실은 월요일에 준 건데요. 까먹었어요."

"어이쿠, 잘한다. 5학년, 2학년이나 된 놈들이 정신을 어디다 팔고 다니니? 내일 엄마가 쉬는 날 아니었으면 어쩌려고 그랬냐?"

엄마는 두 아들의 머리를 콩 쥐어박습니다.

"들어가서 일기 쓰고."

"네."

시무룩해진 두 녀석은 방으로 쏙 들어갑니다.

"잘됐네. 당신이 이런 교육에 좀 참여해야 해."

오늘따라 일찍 들어온 아버지도 엄마의 심기를 건드립니다.

"아, 됐네요. 교육은 당신이 하고, 당신이 들으세요. 당신이 그 분야에 전문가잖아요. 전 제 일이나 잘하렵니다요."

엄마는 냉랭하게 톡 쏘아붙였습니다.

"아, 네. 그러세요."

"교육한다는 분이 아들 독서 지도도 좀 안 해주나요? 훈서야 그렇다 치고, 정훈인 책을 안 읽는데 무슨 전문가예요?"

엄마와 아버지의 말다툼은 생각보다 오래갑니다. 간호사인 엄마와 작은 도서관을 운영하며 강의를 다니는 아버지는 서로 생각이 다릅니다.

훈서와 정훈인 작은 도서관에서 친구들과 공부를 합니다. 사실 알고 보면 공부도 아닙니다. 늘 무슨 활동을 하고, 그림을 그리고, 글을 따라 쓰고, 글도 짓습니다. 자신이 지은 글로 발표도 하면서 함께 놀면서 시간을 보냅니다.

"오늘은 좌뇌와 우뇌를 골고루 발달시키는 훈련을 할 거야. 아주 간단하지. 왼손으로 각자가 고른 동시나 시를 한 편 따라 쓸 거야. 알겠지? 내일 토요일인데 틀림없이 게임에 빠질 것이니, 오늘 더욱 집중하세요. 알았나요?"

아버지는 친구들에게 최대한 예쁜 글씨로 글을 쓰라고 주문합니다.

"네."

아이들은 씩씩하게 대답했지만, 금방 시끌벅적해집니다. 아버진 아무 말도 하지 않습니다. 자유롭게 하되 하면 된다고 늘 말씀하시니까요. 정훈이는 오늘따라 글이 더욱 싫어집니다.

'도대체 이런 건 왜 시키신담? 빨리 예찬이랑 놀고 싶은데.'

"헤이, 장정훈. 글씨 꼴이 이게 뭐야? 좀 더 정성을 들여 봐."

"잘 안 돼요."

"누가 잘 쓰라고 했니? 정성을 좀 더 들이라고."

'잘 안 되는 걸 어떡하라고? 형들도 엉망이건만.'

개구쟁이 정훈이는 아버지의 잔소리에도 신경 쓰지 않습니다.

주말이 되자, 정훈이와 훈서는 다시 기분이 좋아졌습니다. 오늘은 또다시 찾아온 자유시간이 있습니다. 늘 자유가 없는 것은 아니지만, 게임까지 할 수 있는 자유는 그리 흔하지 않거든요. 아직까지 스마트폰이 없어 엄마, 아버지 폰을 빌려서 게임을 해야 하니까요.

"얘들아, 오늘 엄마랑 서점 갈까?"

"예? 엄마, 아버지가 도서관 하는데 서점에 왜 가요?"

평소와 달리 엄마가 서점에 가자고 하니 두 아들은 동시에 눈이 휘둥그레집니다.

"뭐, 살 책 있나? 대박이네. 당신이 서점에 다 가고."

아버지도 적잖이 놀란 표정입니다.

"호호, 오늘은 그냥 가만히 있어요. 엊그제 학교에 교육 다녀와서 조금 생각이 바뀌었어요. 애들한테 책 한 권씩 선물할 거니까."

"오늘은 엄마하고 서점 가서 너희들이 사고 싶은 책 한 권씩 사자. 엄마도 한 권 사고. 대신에 엄마가 추천해주는 책도 읽어야 돼."

"네, 엄마. 대신에 갔다 와서 게임해도 되죠?"

아이들의 마음은 책보다 게임에 더 빠져있습니다.

"어이쿠, 녀석들. 서점 다녀와서 하면 되잖아."

아버지는 아이들 말이 못내 아쉽습니다.

"그래, 일단 게임은 갔다 와서 하자."

엄마와 두 아들은 손을 잡고 오랜만에 서점으로 외출을 떠납니다.

"엄마하고 서점에 가니까 좋다."

정훈인 들뜬 마음에 엄마를 올려다봅니다.

"아버지하고 자주 갔는데, 엄마하곤 처음이다."

어릴 적부터 아버지 손을 잡고 서점에 다닌 훈서도 엄마와 함께 가는 서점 나들이가 무척이나 마음에 듭니다.

"그래, 이번에 학부모 교육에 잘 다녀왔다는 생각이 드네. 엄마도 이번에 생각을 많이 바꿨어."

'부모님들이 가장 많이 착각하시는 게 초등학교 학생들이 공부를 해야 한다는 겁니다. 하지만 아이들의 뇌는 이제 조금씩 성장하는 단계입니다. 이 시기에는 다양한 경험이 더 소중합니다. 성적에 연연하다 보면 틀에 박힌 답을 찾는 훈련만 하죠. 결국에는 창의성도 떨어지고 학습능력도 떨어지게 됩니다. 초등학교 시절에는 독서를 통해 글을 읽고 이해하는 능력이 제일 우선입니다. 아이들이 책보다는 게임을 많이 합니다. 왜 그럴까요? 게임은 자신들이 선택하지만, 책은 대부분 부모님이 선택해 주기 때문이죠. 혹시 부모님이 이런 게임을 해라고 선택해 주셨나요? 그랬다면 아이들은 아마 그 게임을 하지 않을 가능성이 높습니다. 독서도 마

찬가지입니다. 아이들이 책을 직접 고르게 해 주세요.'

강사의 말이 엄마의 머릿속을 떠나지 않습니다.

정훈이가 고른 책은 금성출판사에서 나온 『고스트맨, 열쇠 구멍이 막혔다』였습니다.

"이야, 이 책 재미있겠는걸. 보자. 서어 작가랑 김청엽 작가가 쓰고, 배성태 작가가 그렸네. 정훈아. 이 책을 왜 골랐어?"

아버지는 늘 이런 식입니다. 책을 읽을 때는 출판사랑 작가도 알아야 한다고 말합니다. 그리고 책을 고른 이유도 물어봅니다.

"뭐, 그냥. 고스트맨이라고 하니까, 우리가 좋아하는 영화 주인공 닮기도 하고…." 정훈이는 이런 어려운 질문을 왜 하는지 모르겠습니다.

"아유, 당신은 그런 소리 마세요. 정훈이가 이 책 고르면서 얼마나 좋아했다고."

"그치, 정훈아. 네가 읽고 싶을 때 천천히 읽어봐."

"네, 엄마. 오늘 게임 안 하고 이 책 읽을래."

정훈이는 웃으면서 멋지게 아버지의 공격을 막아주는 엄마가 제일 좋습니다.

"정훈아, 오늘 게임 안 해도 괜찮아?"

훈서도 짐짓 놀란 듯 물어봅니다.

"응. 오늘 내 시간 형이 다해."

정훈인 자신 넘치는 목소리로 게임 시간을 형에게 양보합니다.

"에이, 음. 그럼 나도 오늘 게임 안 하고 책 볼래."

둘은 오늘 산 책을 들고 조용히 방으로 들어갔습니다.

"완전 대박인데. 녀석들이 이런 모습 진짜 오랜만이지 않나?"

아버지는 찡긋 눈을 감습니다.

"우리가 변해야 해요. 당신도 애들 그만 닦달하고 자유를 좀 주세요. 게임도 가끔 시켜주고, 책도 즐겁게 읽도록 분위기를 만들어 주고. 매번 교육자니, 독서전문가니 하면서 꼭 우리 애들한테는 엄하게 하더라."

"내가 뭐 언제는 게임 안 시켜 줬나? 흠, 흠."

엄마와 아버지는 오랜만에 책을 보겠다고 자진해서 나서는 두 녀석이 무척 대견합니다. 아이들 덕분에 부부의 얼굴에도 웃음이 피었습니다.

"그럼 우리도 오랜만에 아이들과 독서삼매경에 빠져 볼까요?"

엄마, 아버지도 책을 들고 살며시 방문을 엽니다.

"엄마, 고스트맨은 너무 길어요."

책을 훑어보던 정훈이가 놀랐습니다.

"그럼 네가 읽고 싶은 거 먼저 읽어. 『열쇠 구멍이 막혔다』도 재미있지 않을까?"

"그래도 고스트맨 먼저 읽을래요."

정훈이는 조용히 책장을 넘겼습니다.

아연이 오빠는 조로증을 앓고 있습니다. 아연이네 가족은 아픈 오빠를 위해 시골마을로 이사를 가야 했습니다. 그 마을에는 고스트맨이라 불리는 아저씨가 있었는데…….

'고스트는 유령이지. 영화 『고스트라이더』를 봐서 알지. 히히. 그런데 조로증? 조로증이 뭐지?'

조용히 책을 읽어 나가던 정훈이는 이불 속에서 스르르 잠이 들었습니다. 아이들이 잠이 들자 엄마와 아버지도 불을 끄고 잠이 들었습니다.

하얀 세상에 정훈이는 혼자 서 있었습니다. 그때였습니다. 저 멀리서 까만 물체가 흐느적거리며 다가왔습니다.

"안녕, 난 고스트야. 조금 전에 네가 나를 불렀지?"

귀여운 꼬마 글자들이 정훈이 눈앞에 나타났습니다.

"아니, 난 너 안 불렀는데."

"네가 조금 전에 고스트라고 했잖아. 날 안다면서."

"아, 그래. 책 속에서 고스트가 나왔어. 내가 아는 말이라서 그랬지."

"그래, 그래서 내가 온 거야. 네가 날 불렀으니."

"그런데 넌 왜 텔레비전이나 영화에서 본 고스트 모습이 아닌데. 그냥 글자잖아?

"네가 나를 글자로 보니 그런 거지."

"그럼 넌 뭔데?"

"네가 날 부르면서 무슨 생각을 했니?"

"유령."

갑자기 '고스트'라는 글자는 모습을 바꾸어 무서운 유령의 모습으로 변했습니다.

"아, 무섭게 왜 그래? 너 조금 전에 그 글자 맞아?"

"그래, 네가 내 모습을 이렇게 바꾼 거지. 하하하."

"너무 무서워. 귀여운 유령도 있잖아."

"이런 모습 말이야?"

고스트는 하얀 수건을 뒤집어쓴 아기 유령의 모습을 변했습니다.

"훨씬 낫네. 영화에서 본 모습이랑 꼭 같네."

"맞아. 내 모습은 네가 만든 거야."

"무슨 글자가 모습이 있냐? 말도 안 돼."

"흑, 그럼 넌 글자를 어떻게 읽니?"

"나야, 모양 보고 읽지."

"그래, 모양이나 모습이 바로 비슷한 말이지."

"그래? 그럼 신령에도 '령' 자가 들어가는데 비슷한 건가?"

"그렇지. '신령'은 신비한 힘이 있는 혼이란 말이고, '유령'은 떠돌아다니는 혼이란 말이지."

"히야, 신기한데. 그럼 '산신령'은 산에 사는 신령인가?"

"그렇지. 바로 그거야."

"그럼 고스트는 도깨비도 되지 않나?"

정훈이는 만화책에서 본 도깨비 모습을 떠올렸습니다. 갑자기 고스트는 머리에 뿔난 도깨비의 모습으로 변했습니다.

"으아, 도깨비다."

"네가 날 만든 거라니까. 이 모습은 원래 일본 사람들이 보는 요괴의 모습이야. 네가 아직 모르지만, 우리나라 도깨비는 그냥 사람의 모습이야. 그런데 네가 우리나라의 도깨비 모습을 보지 못해 날 그려내지 못한 거지. 정말 아쉽다."

"뭐? 내가 아는 도깨비가 일본 사람들이 생각하는 요괴라고? 왜 그렇지?"

"그건 아마 우리의 역사를 잘 알아야 할 것 같은데…."

"아마, 우리나라 사람들은 도깨비를 이렇게 생각할 거야."

도깨비는 술병을 들고 허름한 옷을 입은 사람의 모습으로 변했습니다.

"이야, 신기한데, 일본 요괴보다는 이 모습이 훨씬 낫네."

"이 모습은 일부러 내가 변한 거야. 원래는 네가 모든 것을 생각해야 해."

"그럼, 아까 '조로증'이란 말이 있던데 그건 뭐야?"

"조로란 말은 나이보다 일찍 늙는다는 말이고, '증'은 그런 겉으로 드러나는 상태나 모양을 나타내는 말이지."

"그럼 전에 아버지와 조조할인은 일찍 영화 보러 가면 할인해준다는 말이야?"

"그렇지. 바로 그거야. 아주 똑똑한데."

"늙을 '노'자는 훈서 형 마법 천자문에서 본 거 같아. 그럼 '노력'은 늙은 힘인가?"

"그건 아니야. 그때 '노'는 힘을 쓴다는 말이야. 그래서 '노력하면 된다.'는 말이 있지."

"오케이. 좋아. 그럼…. 어? 어디가?"

"오늘은 너무 늦어서 안 되겠어. 아침 해가 밝아오려고 해. 너도 이제 일어나야지."

"어떻게 하면 다시 만나지?"

"네가 글을 읽으면서 글의 의미를 생각해봐. 그럼 그 글들이 말이 되고 뜻이 되어 다시 찾아올 테니까. 그럼 안녕."

"잠시만!"

유령은 어느새 '고스트'라는 글자로 변해 다시 하얀 세상에서 서서히 사라져버렸습니다.

"정훈아, 일어나라. 아침 먹자."

오늘따라 아버지의 말투가 부드럽습니다.

"아버지, 어젯밤에 나 이상한 꿈을…. 아니에요. 형은요?"

"벌써 일어나서 씻고 있다. 씻고 오너라. 엄마는 출근했으니 우리끼리 먹자."

정훈이는 오늘따라 기분이 좋습니다. 아무도 모르는 비밀친구를 만났기 때문입니다.

'비밀? 비밀이 이 뭐지? 아무도 모른다는 말인데. 아! 아버지가 숨겨두는 비상금에도 비자가 들어가네. 신기한데. 이거.'

아침부터 밥상 앞이 시끌벅적합니다. 오랜만에 아버지와 아침을 함께 먹습니다. 평일에는 가족이 아침을 함께 먹는 일이 드무니까요. 현대는 다들 바빠서 그렇다고 부모님은 늘 말합니다. 일요일 아침은 여유 있게 가족이 함께 밥을 먹을 수 있어 정훈이는 기분이 참 좋습니다. 오늘은 3교대 근무하는 엄마가 안 계셔 조금 섭섭하긴 하지만요.

"아버지, 전에 아버지가 엄마 몰래 비상금이라고 숨겨 둔 돈 있잖아요."

"그래, 있지. 혹시 엄마한테 말했니? 안 되는데."

"그게 아니라 비상금은 비밀스러운 돈이죠?"

"비상금은 급할 때 쓸 수 있게 미리 준비를 해 둔 돈이지. '비상사태' 할 때처럼 비상시에 말이야."

"엥? 그럼 비밀은요? '비밀'은 아무도 모르는 거잖아요."

"그렇지. '비밀'의 '비'는 '숨기다'라는 말이고, '비상금'의 '비'는 '아니다'라는 뜻이지. '비상'은 '평소와 같지 않다'라는 말이야."

"신기하네. 고스트가 하는 말이랑 비슷해요."

"누구? 고스트?" 아버지가 의아한 듯 물었습니다.

"고스트는 유령이란 말이지. 고스트라이더 할 때요."

밥풀을 날리며, 훈서도 대화에 끼어듭니다.

"그럼 훈서는 '라이더'가 무슨 말인지 알아?"

"운전하는 사람이죠. 영화에서 봤어요. 고스트가 오토바이를 멋지게 타요."

정훈이가 신이 나서 먼저 대답합니다.

"그렇지. 영어로 ride(롸이드)는 '타다'란 말이고 rider(롸이더)는 '타는 사람'이란 말이지. 말이란 게 다 이런 식으로 뜻을 만들어 가는 거야. 우리말이나 영어나 중국어도 똑같지."

"그럼, 글자랑 말이랑은 다른 거예요? 고스트가 그랬는데."

정훈이는 갑자기 궁금한 게 많아졌어요.

"그럼, 말은 소리고, 소리가 글자보다 우선이지. 소리, 즉 말을 표시하기 위한 것이 글이지. 예를 들면, '바람'은 '공기가 움직이는 것'을 말하지. 그 의미를 소리가 아닌 모양으로 표시한 게 글자지. 글자는 그림과 같은 거야."

아버지는 정훈이가 대견한 듯, 한껏 들뜬 소리로 설명을 합니다.

"아, 뭐…. 하하."

정훈이는 얼렁뚱땅 넘겨버립니다.

오후에는 형과 배드민턴을 했습니다. 산은 새록새록 옷을 갈아 입고, 따뜻한 봄바람이 솔솔 부는 날이라 땀이 조금씩 납니다. 요즘 들어, 형이 조금씩 봐주면서 하니, 배드민턴도 아주 재미있습니다. 샤워를 하고, 방에서 뒹굴뒹굴 구르다 보니 영 심심합니다. 아버지는 오랜만의 휴식이라며 코를 골고 낮잠을 주무십니다.

"정훈아, 우리 게임할까?"

훈서가 아버지 폰을 만지작거리며 말합니다.

"오늘은 하는 날 아닌데."

"어제 엄마랑 서점 간다고 못 했잖아." 훈서가 조용히 정훈이를 꼬십니다.

"아니, 난 어제 보던 책 볼래."

정훈이는 작은 방에 가서 책을 집었습니다. 잠이 들어 다 읽지 못한 책 이야기가 궁금합니다. 아니, 오늘 밤에서 고스트가 찾아올까 벌써 기대가 됩니다.

"애들아. 엄마 왔다. 삼겹살 사왔으니 조금 이따 저녁 먹자."

엄마도 기분이 좋은지 얼굴에 웃음이 한 가득입니다.

"다녀오셨어요? 엄마, 저 책 읽고 있어요."

정훈이는 자신이 자랑스럽게 말합니다.

"어이쿠, 내 새끼. 책 보고 있었어? 아들이 책 읽는다고 하니 엄마가 기분이 더 좋네."

"엄마, 내가 조금 전에 어제 못 한 게임하자고 하니까, 책 본다고 게임 안 한데요." 훈서가 엄마 귀에 속삭입니다.

"그래? 우리 훈이가 형 유혹을 잘 이겨냈네. 대단한데."

엄마의 입꼬리가 귀에 걸릴 듯합니다.

밤이 되자, 온 가족이 텔레비전 앞에 앉았습니다. 오늘따라 드라마가 너무 재미있습니다. 드라마가 끝나고 나면, 개그콘서트가 방영됩니다. 나란히 누워 텔레비전을 보는데 갑자기 정훈이가 벌떡 일어납니다.

"아버지, 텔레비전은 무슨 말이야?"

"허허, 녀석. 오늘따라 이상하네. 텔레비전은 영어잖아. tele(텔레)라는 말은 '멀다'라는 의미고, vision(비전)은 '보다'라는 뜻이야. 그러니까 텔레비전은 '멀리 있는 현상이나 일, 물건을 본다.'라는 말이지. 우리는 지금 서울에서 하는 프로그램을 보고 있는 거잖아. 물론 녹화해 둔 건 시간적으로 멀리 떨어진 것을 보는 거고."

"아버지. 저 개그콘서트 안 보고 책 봐도 되요?"

"엉? 그, 그래. 그러자."

"안 돼. 난 볼 거란 말이야."

훈서가 갑자기 소리칩니다.

"좋아. 오늘은 어제처럼 온 가족이 책 읽는 시간을 가져보자. 완전 좋은데."

아버지도 신이 나서 책을 들고 옵니다.

"에고. 갑자기 무슨 바람이람. 졸지에 나도 책 봐야 되네."

엄마도 살짝 웃음을 짓습니다.

"아이고, 망했다." 훈서의 한숨 소리가 방 안에 가득합니다.

고스트맨과 친구가 된 아연이는 자연에서 신나게 뛰어놉니다. 도시에서는 한 번도 겪어 보지 못한 경험입니다. 숲 속에서 만난 고라니도 정말 좋은 친구입니다. 아연이는 고스트맨과 함께하는 시골생활이 정말 행복합니다. 그런데….

'행복? 행복이 뭐지? 엄마, 아버지는 늘 행복해야지. 행복해야지. 하시는데. 복은 알겠는데 행은 뭐지? 행운 할 때 행인가?'

낮에 배드민턴을 많이 해서 그럴까요? 정훈이는 오늘도 스르르 꿈나라로 여행을 떠납니다.

"네가 날 찾았니?"

어제처럼 하얀 종이에 까만 글자가 꼬물꼬물 모습을 드러냅니다.

"어? 넌 누구야? 아, 행복이구나."

"그래, 난 행복이야. 안녕. 반가워."

"반가워. 그런데 넌 왜 모습이 없어? 어제, 고스트는 모습이 있었는데."

"하하하. 네가 아는 고스트는 네가 그려낸 모습이지. 실제로 유령을 본 적이 있니?"

"아니. 그냥 영화나 텔레비전에서 보면 뭐, 좀 귀엽기도 하고, 어떤 데는 무섭기도 하고."

"그래. 고스트도 진짜 모습은 없어. 네 마음속에 떠오르는 모습이지. 나도 마찬가지야."

"그럼, 행복은 어떤 모습도 없는 거야?"

"네가 언제 기분이 좋아?"

"나? 난, 그냥 가족들과 바닷가에 놀러 가는 거랑 같이 맛있는 거 먹는 거. 뭐 그런 일들이지."

"바로 그거야. 행복이란 바로 내가 생각하는 그런 모습이야. 특별한 게 아니지. 네가 기분 좋은 그런 느낌. 그리고 일을 한다는 거야. 행복은 한자로 된 우리말이지. 한자로는 '다행히 복이 있다.'

란 말이지만, 영어로는 happiness(해피니스)야. 여기서 hap은 '일'이란 의미야. happy(해피)는 알지?"

"당연히 알지. 아버지가 매일 아 유 해피? 하시는걸."

"그래, 맞아. happy는 말 그래도 '일이 있는'이란 말이야. 사람은 어떤 일이든 해야 하니까, 일을 하면 행복하다는 거지. 넌 아직 어리니, 일을 하진 않지만, 네가 하는 모든 일이 기분이 좋으면 다 행복이지."

"그런데 왜 넌 모양이 없는 거야?

"사람마다 좋아하고, 기분 좋은 일이 다 다르잖아. 그래서 나는 정해진 모양이 없어. 말 그대로 네 기분이야. 네 기분을 나타낸 그림이 나라고 보면 돼. 아마 네 마음속에 내 모습이 있을걸."

"그럼, 고라니, 고라니는 어디 있지?"

"안녕, 난 고라니야." 갑자기 사슴을 닮은 동물이 나타났습니다.

"반가워. 그런데 넌 사슴 아니야?"

"닮긴 닮았지? 그래도 사슴과 난 조금 다르지. 다음에 진짜로 만날 날이 있을 거야."

"그런데 넌 왜 모습이 있지? 행복은 모습이 없는데."

"음, 설명하기 조금 어렵지만 들어봐. 세상에는 진짜로 존재하고, 보고, 듣고, 만지고, 냄새 맡고, 느낄 수 있는 물체가 있고, 존재하지만 모양이나 형체가 정해지지 않은 것도 있고, 느낄 수는 있지만 볼 수 없는 것도 있지. 그리고 뭔가 생각이나 마음으로만 알 수 있는 게 있잖아. 행복은 마음이나 생각으로만 알 수 있는 거야. 그래서 모습이 없어. 난 진짜로 존재하는데 사람들이 나에게 고라니라는 이름을 지어준 거지. 영어를 쓰는 사람들은 날

elk(엘크)나 moose(무스)라고 해. 똑같이 있는 나인데 말도 다르고, 글자도 다르지."

"신기하네. 왜 그렇지?"

"음, 아마 사람들이 자연에 맞춰 살면서 서로가 살아가는 모습이 달라서 그렇지 않을까? 그건 네가 앞으로 천천히 알아봐."

"내가 어떻게 알아봐?"

"나도 이젠 그만 가야겠다. 오늘 만나서 즐거웠어. 넌 아마 좋은 언어학자가 될 거 같은데."

"언어학자? 그건 뭐지? 그런데 벌써 가는 거야?"

"미안, 다음에 또 불러줘. 나도 또 만나면 좋겠네. 친구. 안녕."

월요일 아침, 여느 때처럼 집안은 시끌벅적합니다. 졸린 눈을 비비며 일어나는 아이들. 일찍 출근한 엄마 대신 아이들을 챙기느라 바쁜 아버지.

"어서 일어나서 씻고, 밥 먹고, 학교 가자."

세수를 하던 정훈이가 갑자기 세수를 멈춥니다.

"형, 행복이 뭔지 알아?"

"무슨 소리야?"

"행복은 일이 있다는 말이야. 우리가 학교에 가고, 아버지는 우리 밥 챙겨주시고. 그런 일 말이야. 그래서 우린 행복한 거야."

뜬금없는 정훈이의 말에 훈서는 어안이 벙벙해집니다.

'오늘부터 나는 말공부를 열심히 해야지.'

여기까지

꽤 많은 시간과 꽤 먼 거리를
거쳐 여기까지 왔음에 틀림없다

그 시작이
어디쯤이고 언제쯤인지
알 수는 없어도
어떻게 왔는지 알 수 없어도

왜 왔는지는 늘 물어만 보지만.

진공

아무것도 존재하지 않지만, 공간은 존재하는 곳. 내려놓는다는 것, 마음을 비운다는 것은 마음은 있으나 아무것도 채워두지 않는다는 것. 나는 진공의 상태를 경험한 적이 있는가? 앞으로 진공의 상태를 경험이라도 할 수 있을 것인가?

이승과 저승

이승 : 떠나는 사람이 쉬어 가는 곳

저승 : 떠나간 사람이 쉬어 가는 곳

조용한 밤
고독을 즐기며 쓰는 _

별빛 1

처음의 널 만나려면
몇 번을 다시 죽어도 쉽지 않은 일이겠지.
몇 광년 전에 시작한 너를
이제 겨우 얼마간 살았다고 까부는 내가
널 보며 아름답다 말하고
널 보며 반짝인다 말할 자격이나 될까

세상에 그렇게 흔하고 흔한 빛이
밤하늘에 빛나는 너라는 사실을
우리는 그렇게 늘
망각이라는 시간을 흘리며 네가 오는 그 시간을
눈앞에 펼쳐진 널 바라보며
쉬이 잊어버리고 너를 노래한다.

언젠가 책에서 읽은 적이 있어요. 아주 오래전 빛나는 별의 그 빛이 우주를 관통하며 사방으로 뻗어나가다 우주의 암흑으로 사라진다고 하더군요. 어찌 운 좋게 우리를 향한 그 빛조차도 때론 길을 막는 행성들에게 잠시 시간을 내어준다는 사실을요. 그리고 잠시 시간을 멈추었다 다시 우리에게로 오는 그 긴 시간이 우리는 헤아릴 수도 없을 만큼 길다는 사실을요. 하늘의 별빛도 우리는 고마울 따름입니다.

별빛 2

넌 아주 오래되었다면서? 내가 몇 번을 죽고 다시 태어나도 처음의 네 모습을 보긴 어려울 거라던데. 넌 그만큼 오래되었다면서? 내가 처음의 네 모습을 볼 수 있을까? 네가 내게로 떠나오던 그 순간을 말이야.

의미 바구니, 이름

오늘 하루는 '시'란 무엇인가에 대한 고민을 잠시 했다. 많은 시는 대상을 노래한다. 여기서 궁금한 점이 생겼다. 대상보다는 상태를 노래한 시는 없을까? 물론 내가 시를 많이 느끼지 못해 그런 시를 찾지 못했을지도 모른다. 내가 읽은 대부분의 시는 대상을 노래했다. 하긴, 대상이 없다면 상태도 없겠지만, 이 세상이 '존재의 대상'만 보고 산다면 너무 슬프지 않은가? '슬프다'를 노래한 시를 만나고 싶어 '슬프다'를 노래한 시를 한번 적어보고 싶다.

슬프다

우습지도 즐겁지도 않은
우울하거나 괴롭지 않은
기쁘지도 외롭지도 않은
그러나 슬픈

아, 역시 어렵다. 모든 언어가 대상을 표현한다고 하지만, 정말 대상이 없다면 정말 슬픈 현실이다. 말할 대상이 없거나, 글을 쓸 대상이 없다는 것은 정말 슬픈 현실이다. 그래서 모든 대상의 중심은 내가 되고, 나는 네가 되고, 너는 우리가 된다. 세상 만물의 이치를 따져도 내가 있어야 네가 있고, 너와 내가 만나야 우리가 되니, 아마 이 단순한 진리를 잊고 사는 나는 얼마나 멍청한가? 우리네 감정에도 이름표를 붙여야겠다.

나무뿌리처럼

'나는 너를 믿는다.'라는 말을 우리는 쉽게 한다. 특히 부모들이 딸이나 아들에게 가장 많이 하는 말일 것이다. 부모는 자식의 앞날에 대한 막연한 희망과 기대를 가지게 된다. 그렇다 보니 부모들은 이런 기대 심리와 불안 심리를 자녀들에게 '믿는다.'라는 말로 대신하고 있는지도 모르는 일이다. 반면에 아이들은 어릴수록 부모에 대한 절대적 믿음을 가지고 있다. 이런 절대적 믿음은 아이들의 순수함에서 비롯된다. 순수함에서 비롯된 절대적 믿음이 최초의 세상인 부모에게로 향하는 것이다. 아이들의 이런 순수한 마음은 세상의 오물에 때가 묻는다. 그리고 절대적 믿음은 일부 쇠퇴하거나, 상대적 믿음으로 바뀌어 간다. 물론 믿음은 우리가 세상을 살아가는 데 있어 가장 중요한 덕목 중에 하나임은 틀림없다. 더군다나 우리는 이렇게 중요한 인생의 덕목인 믿음에 커다란 의미를 부여하고 있다. 하지만 정작 우리의 믿음은 말로 시작하고 불신으로 끝나는 경우가 많다.

누구나 만들어지고 세상에 태어나는 순간, 반드시 어떤 조직에 들어가야 한다. 가정이라는 사회, 학교라는 사회, 사회라는 사회에 들어갈 수밖에 없다. 선택사항이 아니라 필수이수과목이 되어버린 조직 생활을 거부할 수 없는 동물—물론 이런 조직을 거부하고 자연에 동화되어 사는 사람들이 있긴 하지만—이 바로 사람이다. 그리고 이런 조직에는 믿음이 거대한 가치관으로 자리 잡고 있음은 두말할 따위도 없는 것이다. 이러한 중요한 삶의 가치관인 믿음은 아주 다양하다.

가장 많이 거론하는 믿음은 신과 신을 따르는 신자들의 믿음에 대한 것이다. 종교가 우리에게 주는 믿음의 의미는 어쩌면 불확실성에 대한 안도감의 표현일 것이다. 우리가 어떤 신을, 또는 어떤 진리를 믿는다면 그 믿음은 나에게 용기와 신념과 실행의지를 더해 줄 것은 자명할 것이다. 하지만 신과 교리에 대한 믿음이 개인의 욕심과 이기심에 치우쳐 변질되는 경우가 있다. 절실한 믿음에 대한 응답을 찾지 못할 경우에도 믿음은 쉬이 변색된다.

신에 대한 믿음뿐만 아니라 연인이나 부부관계에서도 믿음은 서로가 반드시 지켜야 하는 가치로 여겨진다. 연인과 부부들은 만나고 헤어지는 것이 세상의 어느 관계보다 쉽다. 그렇다 보니 세상의 어떤 관계보다 깨지기 쉬운 불안을 느끼게 마련이다. 이는 틀림없이 무엇인가를 확신할 수 없을 때 우리는 믿음이라는 울타리에 그 불안정의 기운을 넣어두고자 함이다. 친구 간에도 믿음이란 존재한다. 사람은 혼자서 살아갈 수 없는 사회적 존재라는 말이 어쩌면 이런 친구 간의 믿음에 대하여 기대를 하게 할지 모른다. 그리고 이런 믿음이 깨지면 우리는 배신감을 느끼고 오히려 혼자라는 느낌을 지울 수 없게 된다.

조직의 상사와 부하 간에는 어떤 믿음이 존재할까? 우리가 해 나가야 하는 일에 대한 성공 여부도 팀원 간의 믿음에 따라 판가름 날 정도이니 믿음이란 조직의 원활한 유지와 업무 성공에 따르는 기본이 되는 것이다. 거친 바다를 항해하는 선원들은 선장의 명령에 따라 자신의 맡은 임무를 철저히 그리고 완벽하게 해 나갈 때 험난한 폭풍우도 이겨낼 수 있다. 이는 한 배를 탄 모든 사람들이 서로를 믿지 않는다면 불가능한 일들이다. 그만큼 믿음이 란 조직에서 중요한 원칙이 된다.

학교라는 조직에서도 마찬가지로 믿음이 존재한다. 요즘 학교에서 벌어지는 일에 대하여 너무 많은 말들이 있어 따로 언급할 필요는 없는 것 같다. 하지만 스승과 제자 사이에도 믿음이 존재하지 않는다면 학교라는 개념은 이 세상에서 벌써 사라졌을 것이다. 아직도 선생님과 제자에는 바깥세상에서는 느끼기 힘든 믿음이 있기에 학교라는 조직이 건실히 유지되고 있는 것이 아니겠는가? 학생은 선생을 믿고 따르며, 선생은 학생이 자라서 이루어 낼 미래를 믿기에 학교는 존재하고 앞으로도 유지되어 나갈 수 있다. 결국 믿음이란 우리가 느끼지 못하지만, 또한 확실히 말할 순 없겠지만, 틀림없이 우리 곁에 존재하고 있다.

기업과 고객 간에도 믿음이란 존재한다. 우리가 어떤 회사나 어떤 가게의 물건을 구매할 때는 가장 먼저 기업에 대한 신뢰도에 따라 판단을 내린다. 막상 물건을 만들어 판매하는 이들은 사람임에도 불구하고 단순히 브랜드라는 가치를 맹신하는 것이다. 요즘처럼 물가가 주구장창 치솟는 이런 시기에는 브랜드라는 가치에 너무 많은 일방적 믿음을 던지는 것은 아닐까? 가끔은 소비자의 올바른 신뢰가 올바른 기업을 만들어 내는 기본이 되어야 할 것이다. 국가와 국민 사이의 믿음은 어떠할까? 국민이 국가를 믿지 못한다면, 나라의 존립 여부는 논의할 가치가 없다. 결국 국가도 국민의 믿음이 모여 존재할 따름이다.

우리는 세상에 태어나서 세상을 등질 때까지 수많은 믿음이 우리와 함께하고 있음은 틀림없다. 이렇게 많은 관계에 존재하는 믿음의 가장 깊은 우물은 무엇일까? 수많은 믿음에 가장 근본이 되어야 하며, 가장 큰 가치를 두어야 할 것은 바로 나에 대한 믿음이다. 믿음은 '자신이 자신을 믿는다.'가 근본이 되어야 한다. 나무가 바람에 흔들리지만, 그 자리를 지키고 버틸 수 있는 이유는 바로 뿌리가 있기 때문이다. 가지와 잎이 바람에 흔들리고, 모진 폭풍우에 부러지고 떨어지더라도 뿌리가 있기에 다시 생명을 피울 수 있다. 뿌리가 빠지면 그 나무는 결국 말라죽고 만다. 우리가 사람을 믿고 조직을 믿는 것이 가지요, 잎이라면, 뿌리는 바로 나 자신이다. 나를 믿지 않으면 모든 믿음이 흔들릴 수밖에 없다. 한 해를 보내는 지금 이 순간, 우리는 그 누구보다 자신에 대하여 강한 믿음을 가져야 한다.

아버지도 저와 같았는지요?

오늘도 여지없이 마치는 시간은 내일이 시작하는 때. 조용한 주택가. 주차를 하고 대문의 쇳소리에 귀 기울며 열쇠를 돌린다. 집 안에는 불빛이 없다. 현관문을 연다. 비밀번호 누르는 소리가 날카롭다. 모두 곤히 잠들었다. 가방을 내리고 부엌에 불을 켠다. 빈 밥통과 깨끗한 싱크대, 가스레인지 위에는 잘 닦인 냄비만 빈 속을 드러내고 있다.

찬장 문을 여니 라면 한 봉지가 덩그러니 놓여있다. 무슨 말을 하고 싶었는지는 모르나, 입술이 삐죽거린다. 가스레인지 위 냄비는 헤벌쭉 입을 벌리고 라면이 오길 기다린다. 어느새 라면은 목욕탕에서 잘 불은 발가락 껍질마냥 불어터졌다. 냉장고에서 김치를 꺼낸다. 게 눈 감추듯 라면을 나의 빈 위장으로 쑤셔 넣는다. 라면은 나의 뱃속에서 더욱 불어간다. 이불 속으로 기어들어간다. 핸드폰 알람이 울어 눈을 뜨면, 다시 오늘이 시작될 것이다.

꿈속에서 아버지를 만난다면 물어보고 싶은 말이 있다.

"아버지도 저와 같았는지요?"

"네가 고생이 많구나."

"죄송해요. 아버진 허기진 배를 쥐고 아침을 여셨는데요."

만화 도서관

오늘도 큼큼한 곰팡이 냄새가 나는 지하 만화방 문 앞만 기웃거린다. 주머니에는 구겨진 삼천 원이 구깃구깃 처박혀 있다. 무엇을 할 수 있을까 한참을 고민했다. 예전 같으면 컵라면 오백 원, 만화 서너 권은 거뜬히 보고도 집에 갈 버스비 정도는 남길 수 있었을 텐데. 젠장, 짜증 나는 노릇이다.

고등학교 시절 만화에 빠져 살았다. 한 권에 오십 원 하는 만화책을 하루에 만 원어치도 보곤 했다. 만화 속 세상에 빠져 사는 것이 좋았다. 그저 행복했다. 지식의 8할은 만화책에서 얻은 듯했다. 그저 그 시절의 행복이 떠올라 도저히 문을 열지 않고는 배길 수가 없다. 만화방 유리문을 힘없이 당겼다.

끼이이익—

강철의 마찰음이 고요한 저녁을 깨웠다. 서른 평 남짓한 만화방은 한산했다. 몇몇은 만화에 빠져 머리를 처박고 있다. 한 사람은 라면을 후루룩거리며 만화책과 라면에 눈을 돌리며 정신없다. 한 사람은 지그시 눈을 감고 있다. 딱 봐도 잠을 자는 것이다. 절대 잠을 자지 않는 듯 잠시 생각에 빠진 척하지만, 확실히 그는 잠에 들었다. 한 사람은 아예 자리를 펴고 누었다. 곤히 자는 모습이 마치 만화의 주인공 같다. 허름하고 오래된 가게의 늙은 주인장처럼. 만화방 안에 있는 사람들은 아무도 신경 쓰지 않았다. 누가 들어오든, 무슨 소리가 나든. 주인장도 아무런 반응 없다. 그저 고요한 적막에 책장 넘어가는 소리만 간간이 들려온다. 컵라면 향기가 코끝을 적신다. 젠장, 이럴 때 하필이면 배가 고프다니.

주인장 앞에 있는 신간 진열대로 갔다. 반짝이는 코팅 표지에 무협지와 코믹스가 잘 정리되어 있다. 신간은 한 권에 육백 원, 조금 두꺼운 책은 팔백 원이란다. 신간 코너는 가볍게 제칠 수 있어야 한다. 신간은 아직 완결판이 안 나왔으니 볼 가치가 없다. 역시 만화는 완결이 중요하다. 위로의 코웃음이 나온다.

쳇.

벽장에 고이 잠자고 있는 손때 묻은 만화책들을 뒤적이기 시작한다. 역시 만화는 고르면서 기본 세 권은 보고 시작한다. 선 자리에서 만화책 열 권은 후딱 넘길 수 있는 눈과 그림을 간파하는 상상력이 필요하다. 그래도 주인장의 눈치를 보는 감성도 중요하다. 눈치껏 몇 권을 뽑아 들었다. 돈을 계산하고 자리에 앉았다. 코믹스 몇 권에 삼천 원은 금세 사라지고 말았다. 자판기 커피 한 잔 마시고 나니, 주머니엔 동전 두어 개만 달랑거릴 뿐이다. 한쪽 구석 자리에 앉았다. 만화는 최대한 편안한 자세로 봐야 그 맛을 느낄 수 있다. 테이블 건너 오래된 소파에 다리를 뻗어 올렸다. 거의 눕다시피 했지만, 이 역시 아무도 신경 쓰지 않았다. 편안히 책을 펼쳐 들었다.

젠장. 본 것이라니.

다시 일어나려다 잠시 망설인다. 봤던 것이라고 새로 고른다면 쪽팔린다. 다른 것을 바꿔 볼 거라고 하면 되겠지만, 그 역시 쪽팔린다. 그냥 재탕하기로 마음먹었다. 온 정성을 쏟아 천천히, 천천히 읽는다. 글자 하나하나 그 의미를 놓칠세라 자음과 모음의 모양을 그리며 읽어나간다. 대사 하나 곱씹으며 의미를 되새겼다.

세밀화 그리듯 그림을 따라 나간다. 야밤이 되길 기다렸다. 수도 없이 다니는 차들 사이로 외로이 걸어가기 싫었다. 시간은 그렇게 천천히 흘러갔다.

이른 새벽길을 홀로 걷는 것은 덜 외로울 듯했다. 간간이 다니는 차, 그 주인도 필시 외로울 거니 말이다. 드디어 새벽이 왔다. 주인장은 몇 번 내 곁을 왔다 갔다 하더니 금세 코를 골았다. 나는 조용히 문을 열고 거리를 걸었다. 집까지는 걸어서 한 시간. 얼마 멀지 않은 곳이지만 지랄 같긴 마찬가지다.

"만화 도서관이 생기면 좋겠다."

사랑을 노래하다

타인의 눈치 보며 살아가느라
언제 사랑을, 그 진실한 사랑을
노래했는가? 나누었는가?

껍데기에 씌워 놓은 한 두껍의
또 다른 가면을 벗어 던지면
진실한 사랑이 내 눈앞에
애잔하게 떠오른다.

골목 어딘가에서, 주택가 뒤 어딘가 어두운 구석에서, 사랑을 노래하는 애잔한 길고양이들의 울음이 밤새워 들려옵니다. 밤새 울어도 그 사랑이 더 그리운지 아침 한 나절에까지 서로를 그리며 우는 길고양이.

빨래줄

내가 태어나기도 전에 지어진 우리 집은 이제 낡을 대로 낡아 손을 보기조차 힘들다. 집으로 들어가는 좁은 농로 같은 길을 따라 들어가야 하기에 집을 수리할 물건도 제대로 들이지 못한다. 그 집에서 60년을 사신 우리 엄마. 집을 왜 이곳에 지었냐고 물을 때마다, 그때는 그랬지, 라며 입을 다물었던 엄마가 이번 설에는 입을 열었다.

두 손자와 함께 일찍 간 그날 밤. 손자 두 놈은 언제 잠들었는지도 모르고, 나는 홀로 캔맥주를 마시다 엄마 옆에 누웠다. 전기장판 위에 지친 몸을 뉘니 근육도 풀어지고 삶에 지친 내 마음도 풀어졌다. 엄마는 일찍 장 보러 갈 거라며 잠을 재촉했다. 당신의 잠이 아닌 나의 잠을 재촉했다.

살며시 어둠이 눈앞에 찾아올 즈음, 엄마의 특기가 시작되었다. 아버지 돌아가시고 33년을 혼자 지내며, 여섯 남매를 키우다 장남을 먼저 보냈다. 그 후로 엄마는 혼잣말의 대가가 되었다. 논에서도, 밭에서도, 심지어 집에서 밥을 하실 때도 언제나 말을 하신다. 어쩌면 엄마의 특기가 엄마의 명석한 두뇌를 유지하는 비법일지도 모른다. 허리 끊어지고, 무릎이 아려오는 농사일로 허리는 기역자가 되었다. 그래도 우리 엄마는 막내 손자가 장가가실 때까지 건강하시리라.

엄마의 혼잣말은 빨래줄마냥 질기고 길다. 엄마의 빨랫줄은 단잠마저 빼어갔다. 그래도 행복한 이유는 무엇일까?

얼굴

얼굴에 점이 많았다
태양 아래서 살아오느라 세상에서 살아오느라
얼굴의 검은 점들이 내 삶의 희노애락이라 생각했다
점 따위가 나를 평하는 잣대가 되리라곤 생각지도 않았다
그렇게 사십하고 몇 년을 더 살아서야
세상이 내 생각과 다르다는 것을 알았다

큰 맘 먹고 피부과를 찾았다. 얼굴에 회를 쳤다. 레이저가 얼굴을 빽빽하게 지지고 지나갔다. 화끈거리다 못해 얼굴이 너무도 시리다. 삼일은 세수도 못하고, 보름은 조심해야하고, 그 후론 썬크림 발라 관리를 잘하라며, 피부재생 연고를 받았다.

거울 속의 얼굴은 벌겋게 달아올라 차마 볼 자신이 없다. 붉게 달아오른 얼굴에 까맣게 타버린 피부는 아! 이래서 사람들이 얼굴을 관리하는구나라는 생각을 절로 들게 한다. 맨 얼굴로 까맣게 타버린 얼굴을 당당히 들고 다니다. 친척들도 모두 놀란다.

"얼굴의 점을 뺐어요."

"그리 많은 줄은 몰랐네요."

"저도 이리 많은 줄 몰랐어요."

서로 웃다 만다. 피부과에서 만난 사람들의 이야기가 귀에 꽂힌다.

"우리는 고정적으로 관리해요."

얼굴 점 빼는 데 이렇게 시리고 아픈데,
마음속 점 빼는 데는 얼마나 시리고 아플까?
얼마나 불편하고 얼마나 관리하고
얼마나 보호하고 얼마나 관리해야 할까?

마음도 얼굴처럼 눈에 보이면
마음도 얼굴처럼 눈에 보이면

아버지를 기억하며

아버지의 나이를 정확히 기억하지 못한다. 그리고 아버지가 정확히 몇 살 때 돌아가셨는지도 기억하지 못한다. 아마, 아버지에 대한 기억은 그런 것이 중요한 것이 아닐지도 모른다. 아버지의 그날을 맞아, 아버지에 대한 몇몇 기억의 조각을 모아본다.

아버지는 언제나 부지런하셨다. 이른 아침, 모두를 깨우는 라디오의 '새마을 노래'는 언제나 들려오는 기상나팔이었다. 아버지는 독창문을 열고 길게 담배 연기를 내뿜으셨다. 왜 그랬는지 그때는 몰랐지만, 아버지가 멋있었고, 왜 그랬는지 지금 생각하면 가슴이 아프다. 아버지였기 때문이란 사실을 이제야 알았으니 말이다. 아버지는 소풀을 바지게에 한가득 베어 오시면, 풀 속에 줄딸기를 꼭 따오셨다. 달콤새콤한 줄딸기를 따 먹는 재미는 언제나 아버지를 기다리게 하는 마법이었다.

아버지와 함께 밭에서 고구마를 캐면 아버진 소를 몰고 쟁기질을 했다. 우린 뒤를 따르며 고구마를 주워 담았다. 그리고 한쪽에서는 불을 지펴 고구마를 구워 먹었다. 세상에서 제일 맛있고 단 고구마였다. 요즘은 고구마가 맛이 없다.

아버지와 모내기를 할 때는 늘 내가 대장이었다. 아버지는 논에 물을 잡고, 써레질로 논을 평평하게 골랐다. 이제 모를 던져 모내기만 하면 되었다. 물 잡힌 논에서 놀다 보면 물재수가 들락날락하는 법이다. 형은 물재수를 겁내고, 나는 물재수를 쫓아다녔다.

이런 모습이 아버지를 기억하실까?

리어카를 끌고 가는 아버지의 모습이 힘들어 보이면 힘껏 밀었다. 조그만 힘이 무슨 도움이 되겠냐마는 아버지는 좋아하셨다. 아버지는 소를 끌고, 소는 리어카를 끌고, 나는 리어카에 타고 집으로 오늘 길에 서쪽 하늘은 붉게 물들었다. 세상에서 가장 아름다운 수채화를 보았다.

겨울 방학이 되면 아버지는 새끼줄을 꼬아야 한다고 하셨다 새끼줄 한 통에 오백 원을 설날 세뱃돈으로 주신다고 하셨다. 겨우내 열심히 기계를 돌려도 대여섯 통이 전부였지만, 세뱃돈이 늘어나는 재미는 쏠쏠했다. 나는 막내였다. 아버지께 따로 용돈을 받아 본 적이 없다. 학용품도 늘 작은 형과 함께 사야 했다. 그래도 나는 아버지가 좋았다. 그렇게 내가 가진 아버지에 대한 기억은 단편 소설도 되지 않는 짧은 분량의 스치는 기억이 전부다. 너무도 억울하고 너무도 억울하다.

그리고 아버지는 어느 순간 내 기억에서 사라졌다. 다시 아버지의 기억을 떠올릴 수 있는 장면은 아버지가 방에 누워 계신 모습이다. 왜 그랬는지는 모르겠는데 아버지는 방에 누워 계셨다. 아니, 그때는 몰랐다. 아버지가 방에 누워 계시는 동안, 동네 어른들이 황도 캔을 사왔다. 나는 황도가 먹고 싶었다. 엄마에게 황도를 달라고 졸랐다. 엄마는 아버지 드셔야 한다며 아끼셨다. 형님은 나를 나무랐다. 그 사이 엄마는 캔을 따서 노란 황도를 하나 주셨다. 너무도 달고 맛있었다. 그리고 황도를 담은 설탕물을 후루룩 마셨다. 천상의 맛을 아버지의 병환을 빌미 삼아 맛보았다. 젠장!

불효자는 따로 있었다.

엄마는 늘 아버지가 법 없이도 살 사람이라고 하신다. 우리 아버지를 가장 잘 아는 사람은 엄마다. 어느 날, 학교에서 점심을 먹고 아이들과 까불며 장난을 쳤다. 그리고 5교시가 시작하자마자, 학교 소사 선생님으로 계시던 난희 아버지가 날 불렀다.

"진석아, 너거 아부지 아푸시나? 빨리 집에 가봐라."

나는 그 길로 논두렁을 타고 넘었다. 집으로 어떻게 왔는지 기억이 나지 않는다. 대문에는 커다란 통나무가 대각선으로 걸려있었다. 엄마는 머리를 풀어헤치고 나를 보자 우셨다. 나도 엄마를 보자 눈물이 쏟아졌다. 아버지를 보지도 않았는데, 그저 엄마의 모습만으로도 나는 겁이 났다. 방에 누워있는 아버지를 보았다. 누런 얼굴에 배는 볼록했다. 어른들이 아버지의 몸을 닦았다. 그저 멍하니 아버지의 식은 몸을 보고만 있었다.

아버지의 기억이 너무도 없어, 아니 어쩌면 너무도 떠올리지 못해서 억울하고 억울하다. 아동용 그림책처럼 지나가는 아버지에 대한 기억이 조금 더 세월이 가면 아마 연기처럼 하늘로 오르고 사라지고 말 것이다. 난 아버지를 너무 몰랐다. 난 아버지를 너무 기억하지 못했다. 난 아버지의 추억을 기억하지 못했다. 내가 하늘로 올라 아버지를 만난다면 아버지에게 더 많은 추억을 물어봐야겠다.

한 뼘

나와 내 마음의 거리
한 뼘

나와 너의 거리
한 뼘

별로 멀진 않지만
언제나 꼭 그만큼
한 뼘

적

사랑은 세상의 가장 무서운 적이다. 온통 네 생각으로 나를 잊어버리게 만드는.

돌아서다

늘 앞만 보고 가다가 문득 뒤가 궁금해지면 돌아보지요. 고개만 돌리지 말고 온몸을 같이 돌려 보세요. 그곳이 앞이 된답니다.

산오징어

어릴 때, 산 오징어는 산에서 나는 오징어, 산 낙지는 산에서 나는 낙지라고 생각한 적이 있었다. 어른이 되고 나니, 살아있다는 것과 산은 무척 닮았다. 변함없이 묵묵히 자신의 자리를 지키는 우리의 삶과 산은 그렇게 서로 닮아 있었다. 어느 능선, 어느 골짜기, 우리는 어디쯤에 서 있을까?

인간

"어이쿠, 이 인간아."
이런 말을 가끔 듣다 보면
진짜로 살아있는 기분이다.

완벽하지 않기에 실수도 하고
엉뚱한 행동에서 실소도 하지만
인생의 전환점을 맞이하는 말
살아있다는 사실을 느끼게 하는 말
"어이쿠, 이 인간아."
너무 자주 들으면 안 되는 말.

2 장

생각을 잡으며

편견

유명한 작가가 청바지에 티를 입고 오면
'역시 유명한 사람은 다르군.'
유명한 기업가가 면바지에 셔츠를 입고 오면
"역시 성공한 사람은 다르군."
유명한 내가 멋지게 정장 한 벌에 폼을 잡으면
"그래, 네가 옷이라도 잘 입어야지."

글쓰기에 대한 순간의 생각

내가 글을 쓰는 이유는 애초 하나였다.
내 삶의 기억을 또는 기록을 남기고 싶었다.
요즘은 나의 글쓰기가 자꾸만 변질되어 간다고 느낀다.
글은 순수한 목적으로 써야 글인가?
글은 대상을 고려하여 읽히기 위해서 써야 하는가?
읽히지 않는 글은 의미가 없는가?
시장에 내다 놓은 상품이어야 하는가?
처음의 그 순수함을 다시 찾는다고 하더라도 나의 글은
이미 돌아올 수 없는 변질의 강을 건너고 말았다.

작명 놀이

세상에는 수많은 존재가 존재하고, 때론 존재하지 않는 존재도 존재한다. 우리는 오감으로 존재를 인식한다. 그러나 존재하지 않는 존재를 인식하기 위해서는 그저 육감으로 때려잡을 수밖에 없는 것도 현실이다. 그렇다면 교육을 어떻게 인식해야 할까? 교육은 생명 유지에 필요한 능력을 몸소 보여주고 가르치는 총체적인 활동이다. 교육을 통해 사람은 세상을 살아갈 수 있다. 물론 이런 교육도 언어로, 행동으로 다 보여주고 표현할 수 있는 것은 아니다.

교육이 가지는 본질은 무엇일까? 우선 본질을 살펴볼 필요가 있겠다. 본질이란 환경에 영향을 받지 않은 고유한 자기만의 성질이다. 그러나 현대의 교육은 본질을 벗어나 사회 환경에 너무 많은 영향을 받는다. 갈피를 잡을 수 없는 교육 정책과 평가제도, 가르치는 이에 따라 너무도 달라지는 집체 교육, 권력에 복종할 적당한 인간 도구를 길러 내는 교육 과정. 모든 것이 본질을 벗어나 있다. 교육이 점점 발전하고 있다고 하지만, 여전히 교육은 엉뚱한 곳으로 흘러가고 있다.

오늘이 모 초등학교 기말고사 날이다. — 2015년 어느 날

시험을 폐지하겠다고 하더니 여전히 학교 현장에서는 시험이 있다. 딱 정해진 답이 아니면 넌 틀렸어, 란 붉은 칼날을 흔적으로 남긴다. 며칠 전, 같이 세상 공부하는 아들의 친구 아버지, 그러니 나의 후배에게 전화가 왔다.

"형님, 우리 아들 수학 시험지 보니까, 하하, 몇 개만 더 틀리면 빵점이겠던데요."

맞는 말이다. 아무리 생각이 깨고 어린 시절의 자유, 놀이, 독서와 대화가 중요하단 사실을 알지만, 동그라미의 여유와 칼자국의 예리함을 어느 부모가 쉬이 비켜 가겠는가? 부모라면 쉽지 않은 일이다. 아니, 마음이 불안한 것이다.

그래서 다양한 교육사업이 나날이 승승장구하고 있다. 이제는 이름만 바꾼, 아니 한글 한자를 넘어 영어 단어로 바꾼, 넘쳐나는 교육의 이름들. 지겨우리만큼 늘어나는 이상한 이름, 이름. 세상에는 존재가 있고, 그 존재를 서로 인지하고자 이름을 부여한다. 교육의 존재는 하나이나, 그 이름만 넘쳐나는 작명놀이가 인기를 끌고 있다. 교육은 교육 그 자체가 존재이다.

부정이 부르는 부정, 긍정이 부르는 긍정

현대 사회는 아주 복잡하게 서로 얽혀있다. 세상이 복잡다단해지면서 정치, 경제, 사회, 문화는 더욱 끈끈한 연결고리를 가진다. 정치인들의 작은 판단은 경제에 영향을 미치고, 경제의 활성과 비활성은 다양한 문제를 일으키고, 해결하기도 한다. 사회적 파장은 동시대를 살아가는 사람들 사이에 하나의 문화를 형성하여 후대로 전해진다. 이렇듯 세상은 '천상천하 유아독존'의 개념은 사라진지 오래다. 그런데 이렇게 복잡하게 거미줄처럼 연결되는 현대 사회의 가장 큰 부조리는 부정의 말이 세상을 지배하고 있다는 것이다.

'깨진 창문 이론'을 보자. 이는 1969년 스탠포드대 심리학자 짐바르도 교수에 의해 실행되었다. 비교적 관리가 덜 되는 골목에 같은 보존상태의 두 차량의 주차해 두었다. 한 대는 고의로 창문을 약간 깨트려 놓았다. 이 작은 차이, 유리창이 깨지고 깨지지 않은 두 자동차의 상태는 약 일주일 후 확연한 차이가 났다. 창문이 깨진 자동차는 거의 폐차수준으로 변한 것이다. 이 작은 차이가 인간의 심리에 큰 영향을 미쳤다는 사실을 증명하고 있다. 이 법칙은 이후 뉴욕시의 치안에 활용되었다. 바로 뉴욕시의 범죄의 온상인 지하철의 범죄를 줄이기 위하여, 지하철 개선작업을 한 것이다. 낙서를 지우고 지하철을 깨끗하게 관리했다. 이후 이 단순한 작업으로 인하여 범죄사건이 확연히 줄어든 것이다. 이는 부정이 부정을 부르고, 긍정이 긍정을 부른다는 단적인 예가 될 것이다.

또 다른 이론을 예로 들어보자. 바로 '학습된 무기력 이론'이다. 현재 긍정심리학으로 학생들을 가르치는 마틴 셀리그만이 개를 대상으로 한 실험이다. 이 실험에서 작은 벽을 사이에 둔 두 공간에 개를 넣어둔다. 물론 개는 두 공간을 자유롭게 이동할 수 있다. 어느 한쪽에 충격을 가했을 때 개는 다른 공간으로 이동하면 쇼크를 피할 수 있다. 하지만 그렇지 못한 실험군이 있었다. 바로 이동이 불가능한 두 공간에 개를 가두고, 충격을 가하면 이 개들은 그저 자신들의 상황을 받아들인다는 이론이다. 이를 통해서도 우리는 '학습된 무기력'이 사람의 정신과 심리상태에 큰 영향을 미치는지 쉽게 알 수 있다.

현대사회는 부정적인 말과 자극적인 말들로 가득 차 있다. 신문의 기사나 인터넷에 떠도는 다양한 정보의 선정적이며, 자극적인 제목들, 마치 큰일이나 난 듯 양 신문의 일면을 차지하는 부정적인 말들이 한국사회를 지배하고 있는 것이다. 그 예는 수도 없이 들 수 있으나, 몇 가지 사례만 살펴보겠다.

먼저, 나라의 미래를 책임지고 있는 학생들의 사례다. 학교폭력, 성폭력, 자살, 왕따 등 이로 말할 수 없이 많은 부정의 말들이 떠돌고 있다. 나는 학교에 아이들을 자주 데리러 간다. 그리고 아들의 친구 녀석들을 보면, 인사도 하고 어깨도 톡톡 두드려 준다. 열심히 하루를 보낸 것에 대한 보답으로 머리도 쓰다듬어 준다. 나 같은 경우는 아이들과 잘 알기에 큰 낭패를 본 적이 없다. 하지만 가끔 나와 함께 아이들을 기다리는 아버지들이 아이들이 귀엽다고 톡톡 어깨를 치면 "어, 폭력이에요." 하고 지나가는 아이들이 있다. 이제 초등학교 2-3학년 된 아이들이 말이다. 당연히 요즘 세상에 여자아이들에게 말 거는 것조차 금기시된 일이다. 또한 현대의 아이들은 무분별한 비속어와 욕설에 물들어 있다. 어른들도 입에 담기 힘든 욕설과 비속어로 하루를 생활하고 있다. 이렇듯 부정적인 말들은 듣고 자란 아이들의 뇌와 가슴에는 부정의 말이 자신도 모르게 각인되어 있을 것이다.

어른들도 마찬가지다. "힘들다.", "죽겠다.", "이걸 내가 어떻게 하나?" 등, 부정적인 말들을 입에 달고 산다. "더 이상은 선생질도 못 하겠어.", " 내 아이도 아닌데 그냥 있다가 퇴직하지, 뭐." 무기력하며, 긍정의 변화를 두려워하며, 교권추락에 대하여 망연자실 학습된 무기력을 표현하고 있을 뿐이다. 부모들이 모이면 "너희 애는 몇 점이니?", "누구네 집 애는 서울대 갔다더라."며 경쟁을 부추기며 서로를 이기려는 불안 심리에 매여 산다. "요즘은 학교폭력이 너무 심하다."며 입에서 나오는 말들이 모두 불만과 부정의 말들로 가득 차 있다.

이와 반대로 긍정의 말은 긍정의 힘이 있다. 현대 한국사회는 부정적 말의 사용을 줄이고, 긍정의 말을 사용할 필요가 있는 것이다. 우선, 긍정적인 말은 자신의 심적인 변화에 큰 영향을 미친다. 아침에 일어나 긍정적인 마음으로 긍정의 말 한마디를 먼저 입으로 큰 소리로 말해보라. 당연히 그날의 일이 술술 잘 풀린다는 생각이 든다. 그 한마디가 가지는 힘이 자신의 하루를 바꾸는 힘이 되는 것이다. 나 역시 매일의 반복되든 일상에서 긍정의 변화를 찾을 수 없던 적이 있었다. 하지만 긍정의 말을 자주 사용하고 난 후 내 스스로 긍정의 변화를 느낄 수 있다. 현재 나는 꽤 많은 일을 무난하게 잘해내고 있다. 모든 것은 말 한마디에서 시작된 것이다. 지금은 내가 몇 가지 일을 하는지 알 수 없지만, 모두 다 하나씩 이루어 내고 있다. 이렇듯 내가 긍정적이 되면, 내 주변의 사람들이 긍정적으로 보인다. 사람의 장점을 보게 되는 것이다. 당연히 주변 사람들이 즐거운 하루를 보내게 된다. 내 주변의 사람들의 하루가 긍정적이 되면, 이는 큰 사회적 파장을 일으킨다. 대중매체들도 선정적이며, 자극적인 말을 줄이고, 긍정의 말로 미디어를 채우면, 그 매체를 접하는 사람들은 긍정의 마음을 가질 수 있다. 이렇듯 작은 변화가 큰 사회의 변화를 만들어 낼 수 있다. 당연히 현대 한국사회가 겪고 있는 부조리는 긍정의 변화를 만들어 내는 초석이 될 것이다.

오늘 하루 아주 즐겁고, 내일은 더 행복할 것이다. 나는 언제나 행복한 사람이고, 힘든 일이 있어도 잘 견디고 극복할 것이다. 우리는 사랑을 먹고 사는 사람들이다.

내 마음에 존재하는 하나의 믿음

어머님은 절을 다니셨다. 농사를 지으며, 홀로 6남매를 키우시느라 그렇게 절을 자주 다니시진 못했다. 부처님 오신 날이나, 특별한 날이 되면 절에 다녀오셨다. 그리고 절에 다녀오면 항상 과자가 두 손에 들려있었다. 크리스마스가 다가오는 어느 겨울날, 옆 동네 형이 놀고 있는 친구들과 나에게 다가왔다. 초등학생이던 우리는 말 그대로 시골 동네에서 다 떨어진 슬리퍼 신고, 놀고 있었다. 억지로 교회를 가자고 했다. 난 핑계가 없어

"이런 신발 신고 우찌 가노? 안 된다."

하고 거절했다. 하지만 형은 억지로, 막무가내였다. 간신히 뿌리치고 집으로 오는 나는 결심을 했다. '교회는 이상한 곳이구나. 싫다는 사람을 억지로 데리고 가려고 하니, 참. 앞으로 절대로 교회는 안 가야겠다.' 나는 절이 더 좋았다. 왜인지는 모르나, 엄마의 손에 들려있는 과자가 큰 힘을 발휘했을 것이다.

일반적으로 절은 산에 있다. 그리고 교회는 도심의 인구 밀집지역에 있는 것이 일반적이다. 시골에서 자란 나에게 산이 주는 넉넉함 때문인지 난 절이 더 좋았다. 조금은 힘들었지만, 산에 가면 마음이 편안하고, 절에 가면 조용한 뭔가가 날 기다리고 있는 듯했다. 고등학교 시절 친구를 따라 교회 체육대회에 갔다. 별로 할 일 없는 토요일, 체육대회를 하고 나니 마음도 시원했다. 교회에 다니는 친구들이나 형들도 꽤 괜찮아 보였다. '교회도 괜찮군.' 교회를 가보지 않은 나에게 교회는 괜찮은 곳이었다.

군대 시절에는 모든 장병들이 하나의 종교행사에 의무참석을 해야 한다. 일요일 아침이 되면, 부대원들은 삼삼오오 열을 맞추어 종교행사에 참여한다. 나는 강원도 모 부대를 나왔다. 당시 성당과 교회는 부대 바로 옆에 있었다. 그리고 성당과 교회를 가면, 초코파이를 하나씩 주었다. 20대 초반, 피 끓는 청춘들에게 초코파이가 어딘가? 교회나 성당에 들러 두 시간 정도 설교를 듣고, 초코파이와 커피 한 잔을 하고 부대로 복귀하면 되는 것이다. 나름대로 꽤 괜찮은 거래조건이었다. 하지만 절은 멀었다. 산 중턱에 걸어서 최소 40분은 가야 하는 곳에 있었다. 먼 거리 때문인지 절에선 초코파이를 2개씩 줬다. 하지만 선택의 기로에 설 때가 있었다. 여하튼 절이든 교회든 성당이든 주일마다 기분이 내키는 대로 종교행사를 다녔다. 나에겐 어떤 종교든 별 의미가 없었기 때문이다. 하루는 수요일 성당 미사에 참석했다. 조용한 분위기였다. 신부의 말이 참 좋았다. 한참을 듣고 있는데 신부가 울기 시작했다. 놀랐다. 사람들도 따라서 울기 시작했다. 특별히 울 일이 없었다. 동료들과 나는 그 자리를 피했다. 알고 보니 부활절이라는 것이다. 부활절이 무엇인지도 몰랐지만, 부담스러웠던 것은 사실이다.

결혼 후, 몸이 불편하신 장인과 역시 몸이 불편하신 장모를 모시고 산다. 하지만 장모는 불편한 몸을 이끌고 절을 다니신다. 절을 가시는 것이 문제가 아니다. 마치 절에 다니는 것이 전부인 양 절을 다니신다. 단순히 생각해도 때론 심하실 때가 있다.

사람들은 왜 종교생활을 할까? 종교란 나의 불안한 마음을 조금이나마 위안을 주는 믿음이다. 한 치 앞도 내다볼 수 없는 인간의 미력한 힘에 종교는 큰 위안을 주는 존재임에 틀림없다. 하지만 특정 종교에 너무 심취하는 사람들을 본다. 또한 종교지도자란 사람들이 부정과 비리를 저지르며, 그들을 따르는 사람들에게 실망감을 심어주기도 한다. 종교라는 믿음은 자신의 안녕만을 위하여 기도하는 마음이 아니라 나와 이웃의 안녕을 바라는 마음이다.

나만 잘되면 된다는 생각을 버릴 때 진정한 종교의 힘을 발휘할 수 있다고 생각한다.

부처님 오신 날에는 절에 가보자. 크리스마스에는 교회나 성당을 가보자. 평소 생활에서는 우리의 토속신앙도 믿어보자. 결국에 믿음이란 자신의 내면에서 시작하여, 나의 이웃과 사회로, 국가로 그리고 전 세계로 뻗어 나가는 것이 아니겠는가?

생각의 창, 입 그리고 기록의 창, 글

EBS 방송프로그램에 '딴지'를 걸 마음은 없다. 훌륭한 교육관을 가졌다는 신념도 없다. 단지 부모, 교육자, 행정가, 사회, 그리고 국가가 바른 생각으로 미래 한국의 교육을 이끌어 가길 바라는 마음이다. 소도시의 사교육 현장에서 십오 년을 일하며 진절머리를 느끼지만, 손을 놓지 못하는 한 사람의 고성방가(苦聲訪可)임을 미리 밝힌다. '진짜 배움은 무엇인가'는 모두가 알면서도 천편일률적인 인재를 길러내는 한국 교육에 대한 안타까움을 토로한다. 대한민국의 교육을 위해 좋은 프로그램을 만들어 방송하는 EBS에 응원의 박수를 보낸다.

2016. 신년이 되면 많은 사람들이 새로운 시간에 대한 목표를 세운다. 한국의 수백만 학생들도 삶의 목표를 위한 계획을 세우며, 자식 교육에 목매는 부모들도 바빠지는 시간이다. 나는 "장사는 1년을 내다보며, 사업은 10년을 내다보고, 교육은 100년을 내다보고 하는 것"이라고 자주 말한다. 따라서 "인간의 본성은 뛰어난 후손을 남기려 하며, 그 최고의 방법은 교육에 있다."고 믿는다. "〈왜〉 대학에 가는가?"라는 질문을 받으면 어떤 대답을 내놓겠는가? 자신이 원하는 대학에 진학하지 못한 이들은 다양한 대답을 내놓을지 모른다. 하지만 정작 자신이 원한 대학에 진학한 이들은 그 질문에 대한 답은 제대로 하지 못하는 경우가 많다. 배움, 즉 공부의 목표는 대학이 아니며, 자신이 살아가는 삶의 목표

와 방향을 잡아가는 과정이라는 것을 누구나 잘 알고 있지만, 누구나 그런 배움을 끝까지 이끌어 나가는 것이 아니기 때문이다. 한국 교육의 본질적인 문제이다. 삶의 한 단계를 밟아가면서 우리는 대학이라는 상아탑에 대해 깊은 생각을 해 봐야 한다.

그렇다면 왜 EBS는 "〈왜〉 대학에 가는가?"라는 질문으로 한국 교육의 문제에 대하여 깊은 생각을 나누었을까? 그리고 그 프로그램에서 '왜' '하부루타'라는 유대인의 교육방식을 끌어다 한국 교육의 문제점을 드러내었을까? 먼저 영상은 2010년 오바마 대통령의 G20 폐막 기자 회견장이다. 말을 잃은 한국 기자들의 모습은 가히 충격적이다. 소리가 사라졌다. 질문이 사라졌다. 질문이란 나로 시작하여 타인을 거쳐 사회 현상과 우주의 본질에 대한 문제 해결의 시작이다. 우리가 우리의 소리를 잃어버린 이유는 무엇일까? 한국의 교육 현장은 질문과 자신의 소리가 사라진다. 질문을 하는 이는 왕따가 된다. 타인의 시선이 집중되는 것을 싫어한다. 교수는 많은 질문을 '강의가 잘하지 않았다.'라는 무능으로 여길 것이다. 그리고 권위에 눌려 말을 읽은 한국인들에게 "말문을 트라."라고 주문하는 새로운? 교육의 방법이 제시된다.

그것이 바로 유대인의 교육법, 하부루타이다. 사람은 누구나 어릴수록 세상에 대한 궁금증으로 수많은 질문을 달고 산다. 굳이 증명을 하지 않더라도 누구나 그 사실은 잘 알고 있다. 사람은 어릴수록 입이 부드럽다. 유치원은 종일 질문으로 시끄럽다. 초등학교 1, 2학년 교실도 마찬가지다. 하지만 초등학교 3학년이 되면 아이들의 입은 점차 굳어간다. 학년이 높아질수록 단답형 대답에 익숙해지고, 객관식 문제의 답 찾기 놀이를 선호한다. 또한 대한

민국의 거의 모든 고등학생은 EBS 지정도서로 공부를 한다. 당연히 현실적 이유로 우리는 어린 시절의 자유로운 생각의 말과 글을 제대로 지켜내지 못하고 있다—오랫동안 학원을 운영하면서, 고학년들과 중 고등학생들에게 발표를 시키면 학원을 그만두는 학생들의 수가 는다. 처음엔 아주 신기한 일이었다. 이젠 그 이유를 알게 되었다—이런 일이 벌어지는 것일까? 개인적인 생각일 수도 있으나, 이는 일제의 평준화 교육과 인재말살정책 때문에 벌어진 웃지 못할 촌극이다.

예로부터 한국의 교육시스템은 우수했다. 옛 서당의 풍경을 그려보면 쉬이 이해가 된다. 자유로이 뛰어놀며 말로 서로의 생각을 나누고, 문우와 주고받은 편지, 즉 글을 통해 사상의 향유를 누렸다. 당쟁이 당파싸움으로 변질되기 전만 하더라도 언쟁이야말로 최고의 교육이었다. 하지만 지금은 어떤가? 앞에 서 있는 사람의 말에 반대를 표하거나, 질문을 하는 것은 그 사람에 대한 권위에 도전으로 여겨진다. 대부분의 한국 공공도서관 입구에 붙어 있는 안내문을 본 적이 있는가? '실내정숙', '타인을 위한 배려', '조용히' 등 자유로이 입을 열 수 있는 공간이 제약되어 있다. 이렇듯 한국의 교육 문제는 예로부터 있던 것이 아니라 변질된 교육의 잔재가 남아있기 때문이다. 또한 자신의 사상을 말하고 글로 쓰는 것은 경제성장의 저해 요인이어서 우리는 모두 묵언과 동조로 침묵했기 때문이다.

그렇다면 과연 한국의 교육은 잘못되었다는 것인가? 이 프로그램의 맹점은 바로 한국 교육체계가 잘못되었고, 유대인의 교육체계가 아주 우수하다는 것을 강조하는 데 있다. 이로 인한 한국

내의 불편한 현실은 다음과 같다. 하부루타와 관련된 도서만 수십 건이 동시에 쏟아져 나오며, 교육단체나 개인은 같은 내용을 베껴내기 급급해졌다. 부모의 지갑을 노린 하부루타 교육원이 우후죽순 생겨나기도 했다. '말하기 공부법'의 우리나라 실험 장면 대학생뿐만 아니라 중고등부를 대상으로 실험을 했더라면 어떤 결과가 나왔을지에 대한 궁금증도 해결되었으면 좋았을 것이다. '〈왜〉 대학에 가는가?'는 현실에 대한 변화의 방법을 모색하기보다는 단순히 노벨상 수상자의 숫자로 유대인의 교육이 세계 으뜸임을 강조한다. 본질적인 대학입시체제의 수정, 교육과정의 변화, 시험 평가 방법의 변화에 대한 대안이 제시되었다면 더 좋았을 것이다. 또한 노벨상을 받은 사람만이 인재는 아니다. 마윈, 스티브 잡스, 마크 주커버그, 빌 게이츠, 손정의 등 많은 이들이 세상의 부러움을 받는 위인으로 거듭나고 있다. 결국 자신이 하고 싶은 일에 일가를 이루고 나면 자신감이 생기고, 그 자신감과 당당함으로 말과 글이 제대로 발현되는 것이다. 자신의 생각을 자유로이 말하고, 쓰고, 이를 바탕으로 자유로이 창조해내는 과정이 진정한 교육이다.

교육은 하나의 일관된 판에 찍어 내는 것이 아니다. 개인에 따른 교육의 차이도 전달되었으면 한다. 교육은 가르치는 것이 아니라 각자가 가진 내면의 무언가를 이끌어내는 일이다. 단지 유대인의 교육만이 우수한 교육이 아니라 우리의 전통적인 교육—일제시대 이전의 교육법—과 학습방법에 대한 정보도 뒷받침되었으면 한다. 한국 교육의 발전에 깊은 관심을 가지는 EBS에 큰 박수를 보낸다.

무엇을 말하던 상상 이하다

수많은 책이 쏟아져 나온다. 독서인구는 줄어든다고 난리인데, 작가 수는 그와 반대로 꾸준히 증가한다. 통계치를 대라고 한다면 멍청한 궤변으로 대체하겠다.

인간의 수명은 길어진다. 당연히 기존의 작가들의 수명도 길어진다. 결국은 살아 계시는 분이 많다는 반증이다. 또한 신규 작가는 꾸준히 늘고 있다. 누구나 자신의 생각과 인생을 한 권의 책으로 묶어내는 로망이 있다.

디지털 기술과 정보의 보편화로 책을 내는 일도 그리 어렵지 않게 되었다. 주변을 돌아보면 작가라 불리는 사람이 그렇게도 흔하게 눈에 띄는 이유인지도 모른다. 정치에 입문하는 사람들은 웬만하면 책 한 권씩은 내고 시작하니 말이다.

허접한 내 입장에서도 작가는 넘치고 넘친다. 내 말이 통계치는 아니지만 얼토당토 않은 말은 아닐 것이다. 수없이 쏟아져 나오는 책. 닮은 듯 닮지 않은 제목들. 다른 듯 비슷한 내용물.

우리는 그 무엇을 상상하든 그 이하를 경험하게 된다. 이렇게 말하는 나 역시 상상 이하다. 그렇기에 더욱 더 많은, 더 다양한 작가가 나와야 한다.

내 아이만 잘 키우면 될까?

온 정성을 다해 딸을 키웠다. 열심히 공부도 시켰고, 영어도 참 잘한다. 미국인과도 대화를 잘한다. 학교에서 하는 과학의 날 행사나 백일장에서도 늘 대상을 놓치지 않았다. 시험을 치면 늘 100점을 맞아와 다른 부모들을 만나면 자랑하기에 바빴다. 특목고를 졸업하고, 명문대학에 입학해 장학금을 받으며 다녔다. 대학 졸업 후에는 유학도 다녀와 모두가 부러워하는 멋진 일을 하면서 살고 있다. 역시 투자한 가치가 있다. 얼마 전에 녀석이 남자 친구를 데리고 왔다. 당연히 그 친구도 상류층이며, 능력 있고, 인간미마저 좋을 것이라 믿었다. 하는 일은 말할 것도 없었다. 그런데 나의 기대는 산산이 무너지고 말았다. 그저 그런 집안에 재산도 없고, 고등학교를 졸업하고 집에서 놀고 있는 사내였다. 인간성마저 바닥을 드러내는 한없이 나쁜 남자였다. 그런데 나의 딸은 그런 녀석을 사랑한다고 했다. 도저히 헤어질 수가 없다고 한다. 반드시 결혼을 할 것이라 우격다짐이다. 도대체 무엇이 문제인가? 나는 그토록 너를 잘 키웠는데.

이질감

발바닥에 박힌 조그만 가시도 내 것이 아니라 걸리적거리는데, 하물며 나와 함께 살아가는 그 사람도 내 것이 아닌데…….

아내 1

다가가면 멀어지고
멀어지면 가까워진다
너도 그렇다.

나태주 시인은 어떻게 대상을 이렇게 아름답게 보았을까? 그를 존경한다. 물론 나는 나태주 시인의 시를 몇 편 읽어보지 않았다. 그리고 기억하지도 못하지만, 시를 읽을 때면 늘 고맙다.

아내 2

가난한 놈 만나 가난하게 살았다
삼천 원 없어 속으로 못내 울음 삼켰다
그래도 잘 버텨왔다

며느리, 딸 노릇에 정신없이 살았다
엄마 노릇, 아내 노릇에 쉼 없이 살았다
그래도 잘 버텨왔다

아내가 여자라고 생각지도 못했다
산책길 데이트, 심야극장 영화 한 편
꼬들꼬들 곱창에 소주 한 잔 못했다

애들 핑계, 집안 핑계, 친구 핑계 대느라
아내와 오붓한 데이트 한번 못 했네
아내가 여자라고 생각지도 못 했네.

가방끈

그 시절, 동광초등학교 병설유치원 1기로 입학하면서 가방을 만났다. 유치원 가방은 어깨너머로 메는 한 줄짜리 손가방을 닮았던 것 같다. 초등학교에 들어가면서 책가방을 만났다. 가방끈을 내 몸에 맞게 조였다. 내 몸이 작아서 그랬을까? 아무리 조여도 가방끈은 길었다. 중학생이 되면서, 손잡이가 있는 가방을 얻었다. 형님이 쓰던 조금은 낡은 가방이지만, 손잡이가 아주 마음에 들었다.

고등학교 때는 농구선수들이 쓰는 커다란 가방을 마련했다. 가방끈을 길게 늘여서 가방이 무릎까지 내렸다. 가방을 질질 끌고 다닌다는 말이 어울렸다. 그렇지 않으면, 손잡이를 어깨끈 삼아 매고 다니며 폼을 잡았다. 폼을 잡을 땐 가방끈이 짧으면 좋았다. 긴 가방끈은 왠지 축 처진 기분을 드러내는 듯했다. 물론 높은 곳의 맑은 공기를 마시는 친구들이야 긴 가방끈도 멋있었지만 말이다.

가방끈은 얼마나 길면 좋을까? 초등학교도 못 나온 우리 선조들은 세상 만물의 이치를 알고 자연과 더불어 살아왔다. 중학교만 나온 내 친구도 일찍 세상에 나와 돈 잘 벌고 행복하게 살고 있다. 고등학교 나온 내 친구들도 직장 생활 잘하며 자신만의 기술을 살려 사회에서 훌륭한 일을 해낸다. 사업을 해서 크게 성공한 친구들도 많다. 대학교 나온 친구들은 회사도 다니고, 공무원도 하며 잘살고 있다. 대학원을 나온 친구들이나, 박사라 불리는 친구들도 공무원을 하거나, 직장생활을 한다. 또는 자신이 아는 내용을 타인에게 전하며 산다.

중요한 사실은 모두가 일을 한다는 사실이다. 그리고 각자의 방식으로 행복하다. 그렇다면, 정말로 긴 가방끈이 필요한 직업은 얼마나 될까? 우리는 왜 자꾸만 가방끈을 늘려가고자 할까?

우리나라는 고졸이 대통령도 하는 나라라는 사실을 잊지 말자.

바람

하늘에 별도, 숲 속에 풀꽃도
그냥 보면 잘 안 보여요
따뜻한 마음으로 바라보세요
생각보다 많은 것을 볼 수 있어요

우리의 꿈도 우리의 미래도
그냥 온다고 우리 것이 아니에요
진정한 마음으로 바라보세요
기대보다 많은 것이 현실이 되어요.

건배

우리 동네 참새 방앗간, 두랑 실비. 그곳에 앉아 있으면 온 동네 형님들을 만난다. 동네 형님들이라 해도 나보다 20살은 훌쩍 넘는 어른들이다. 자연스레 테이블 하나에 둘러앉아 이야기를 시작한다. 첫 잔은 언제나 멋진 건배가 필요한 법. 건배사는 모두가 아는 그 한 가지.

"이상은 높게, 우정은 깊게, 잔은 평등하게."

동네 형님들과 한잔 들이키는 날이면, 우리는 평등하다. 세상의 기준 따위는 없다. 우리는 평등하다.

막내의 특권

5남 1녀 중 막내아들. 4녀 중 막내딸. 둘이 결혼을 하고 나니, 막내 부부가 탄생했다. 음. 그래. 나는 여기도 막내, 저기도 막내다. 잊고 살았다. 막내의 특권을 잊고 살았다.

'외동은 장남의 의무와 막내의 특권을 동시에 누리기에 부럽지 않다.'

막내는 늙은 부모의 사랑을 받는다. 최고의 특권이다. 젊은 부모의 열정은 느낄 수 없지만, 나이가 들수록 현명해지고 지혜로워지는 부모의 사랑을 받는 특권을 누린다. 늙어가는 부모의 삶에 아쉬움을 느끼는 특권을 누린다. 그 와중에 부모의 사랑을 마음에 새긴다.

부모는 점점 늙어가고, 온몸이 종합병원으로 변해가지만, 부모의 사랑은 고스란히 막내에게 전해진다. 그리고 막내는 그런 부모를 모시는 특권을 누린다. 늙은 형제자매가 가질 수 없는 그 소중한 특권을 누린다.

이웃사촌

계십니까?
누구십니까?
어, 형수님

이거 한번 자시 보소.

잘 묵을께예.

형수님
집에 제사라
이거 한번 자시 보이소
떡 한 접시 찌짐 한 접시
나누고 나면 한번 웃는다

계십니까?
그릇 가져 왔소
잘 볶아진 작은 게가 앉았다
와 고소하다 맛있다
게 눈 감추듯 게 튀김을 먹는 아이들
아이들 입가
게 집게발 자국이 입꼬리를 올린다.

꿈보다 더 꿈같은

아침에 눈을 뜨는 일이 세상에서 가장 꿈같은 일이라는 사실을 느끼는 사람도 있고,

한밤에 눈을 감는 일이 세상에서 가장 꿈같은 일이라는 사실을 느끼는 사람도 있고,

그저 내 콧구멍으로 숨을 쉴 수 있다는 그 사실이 가장 꿈같은 일이라는 사람도 있다.

많은 사람들은 꿈보다 더 꿈같은 생을 살아가면서도 그렇게 소중한 삶을 제대로 느끼는

사람들이 얼마나 될지 손가락으로 열심히 세어 봐도 별 의미는 없을 듯하다.

출구

지금부터 당신은 문이 열두 개가 있는 방에 갇혀 있어요. 당신은 최대한 빨리 그 방을 빠져나와야 합니다. 하나의 문은 성공으로 가는 지름길이 있습니다.

빨리 출구를 찾고 싶나요? 어떤 출구가 성공으로 가는 지름길인지 궁금한가요? 신중하게 고르느라 아직 문을 못 여셨나요? 덜컥 문을 열었는데 성공으로 가는 문이 아니라고요? 조금 더뎌도 방향이 중요하다는 것을 이제야 알았네요. 문을 열고 나갈 용기만 있다면 어떤 문이든 상관없다는 것을 이제야 알았네요. 길은 내가 만들어 간다는 사실을 이제야 알았네요.

압정

내가 누군가를 사랑한다면
압정 대가리처럼 둥글게 살자
내가 무언가를 해야 한다면
압정 발처럼 뾰족하게 살자

훈서는 오늘도 필통에 학교에서 쓰다만 물건들을 필통에 쑤셔 넣었다. 교실에 굴러다니는 지우개를 집어 들고 외쳤다.

"이 지우개 주인 없어?"

요즘 아이들은 간단한 학용품 따위는 잊어버려도 별로 신경도 쓰지 않는다. 굴러다니는 연필이며 지우개는 청소 요원들의 쓰레받기에 담겨 쓰레기통으로 직행하기 일쑤다. 훈서는 그런 학용품이 아까웠다. 언제부턴가 자신의 필통에 하나둘 주워 담기 시작했다.

"야, 훈서. 나 지우개 좀 빌려줘."

오늘도 원일이는 훈서에게 지우개를 빌렸다. 원일이는 늘 연필이며, 자가 없다며 손을 내민다.

"어? 이거 내 지우갠데."

"그러니까 좀 잘 챙기지. 어제 물어볼 땐 모른다고 하더니."

"히히, 네가 잘 챙겨주니까 그렇지."

원일이는 낼름 혀를 내밀고 지우개를 챙겨갔다. 훈서가 주워 담은 학용품은 늘 이런 식으로 주인을 찾아가거나 때론 새 주인을 만났다.

오늘은 창수가 압정을 가져왔다. 압정을 아이들 의자에 몰래 세워두고 아이들을 골탕 먹일 요량이었다.

"야, 애들한테 장난치지 마."

희수가 창수의 장난을 알고 말렸다.

"엉덩이 찔려서 피나면 너 선생님한테 혼나. 학폭위에 끌려갈지도 몰라."

창수는 희수의 말에 움찔했다. 그리곤 아이들 의자에 놓아둔 압정을 챙겨 담았다. 그 사이 원일이가 지나가다 의자를 툭 건드리니, 압정이 교실 바닥으로 떨어졌다.

"자, 오늘 수업은 모두 마칩니다. 모두 조심히 돌아가고, 방과 후 수업 듣는 애들은 방과 후 빠지지 말고 잘 듣고."

"네."

선생님의 말씀이 끝나자, 아이들은 일제히 가방을 들고 교실 문을 나섰다. 그 순간 나지막한 비명이 들려왔다.

"아얏."

희수가 발을 쥐어 감싸며 쓰러졌다.

"왜 그래? 희수야."

"아, 뭐에 찔렸나봐."

훈서는 얼른 달려가 희수의 발을 들었다. 하얀 실내화를 뚫고 반짝이는 은빛 압정이 박혀있었다. 훈서는 자신도 모르게 화가 났다.

"도대체 누가 압정을 흘린 거야? 제대로 챙기지도 않고."

"괜찮아. 아까 창수가 압정 가지고 장난치길래 내가 하시 말라고 했어."

"뭐? 창수가? 창수 이 녀석."

훈서는 얼굴이 화끈 달아올랐다. 훈서는 창수가 한없이 미웠다.

"그래서 다 주워 담으라고 했는데, 하나가 흘렀나 봐. 나 괜찮아."

"뭐가 괜찮아. 압정이 발에 박혔는데."

희수를 보는 훈서는 짜증이 밀려왔다. 훈서는 조심히 실내화에 박혀있는 압정을 빼냈다. 희수는 양말을 벗었다. 다행히 압정은 발바닥을 조금 찔렀을 뿐이다. 정말 다행이었다.

훈서는 창수가 흘리고 간 압정을 필통에 주워 담았다.

'내일은 녀석에게 꼭 말해야겠어. 녀석은 장난이 너무 심해. 희수가 많이 다쳤으면 어쩔 뻔했어?'

필통 안은 뒤죽박죽 가관이었다. 지우개가 세 개, 연필이 여섯 자루, 온갖 펜과 자, 포스트잇도 들어 만물상처럼 가득 찼다. 그때였다. 지우개가 난데없이 소리를 쳤다.

"아야, 너 왜 가만히 있는데 날 찔러?"

"아, 미안해. 내 발이 조금 날카롭지?"

압정은 동그란 얼굴을 내밀고 머쓱하게 웃으며 몸을 조금 비틀었다. 그 순간 또 다른 외침이 들려왔다. 점잖게 누워있던 빨간 색연필이 말했다.

"야야, 너 좀 조심해. 마구 찌르잖아."

"그래도 네 몸은 제법 튼튼하잖아. 내가 좀 부딪쳐도 괜찮지 않아?"

"괜찮긴 하지만 아프긴 하지."

압정은 색연필의 말에 몸 둘 바를 몰랐다. 압정은 늘 환하게 웃으며 친구들과 지내고 싶지만, 뾰족한 다리 때문에 늘 불편했다.

다음 날은 조별 발표가 있는 날이었다. 훈서 모둠은 장난대마왕 창수, 건들대장 원일, 쓰레기대장 훈서, 미소천사 희수였다. 모둠 활동은 '우리 모둠이 지금 하고 싶은 일을 뇌구조테스로 표현하고 발표'하는 것이다. 각자의 재미있는 생각을 그림으로 그리고 조별 모둠 발표를 했다.

"오늘 모두 발표를 잘했어요. 활동도 재미있게 잘했고. 자, 오늘 모둠 활동지는 교실 게시판에 붙여두세요."

선생님의 말씀이 끝나자마자 아이들은 웅성거리기 시작했다.

"야, 테이프 있는 사람?"

"어이, 창수. 어제 너 압정 가지고 장난쳤잖아. 압정 있어?"

반에서 제법 대장 행세를 하는 경오가 창수를 찾아왔다.

"아니, 오늘은 안 가져왔어. 어제 희수가 장난치지 말래서."

장난꾸러기 창수도 희수의 말에 겁을 먹긴 먹은 모양이었다. 훈서는 조용히 필통을 열어 압정 하나를 꺼냈다. 그리곤 조용히 게시판으로 가서 모둠 활동지를 꽂았다.

"야, 훈서. 너 압정 어디서 난 거야?"

창수가 눈이 동그래져 물었다.

훈서는 조용히 희수를 바라보았다. 희수도 말없이 웃었다. 창문으로 들어오는 햇살에 은빛 압정 머리가 빛났다. 압정머리에 반사된 작은 동그라미가 교실을 환하게 비췄다.

감사패

마른 씨앗을 적시는 이슬처럼
여린 새싹을 껴안은 대지처럼
푸른 초원을 맴도는 바람처럼
어린 열매를 달래는 태양처럼

늘 아이들과 함께하신 선생님께
온 마음을 담아 이 패를 드립니다.

그대가 꽃이라면

그대가 꽃이라면 한 송이 진달래
연분홍 꽃비를 온 산에 뿌려주오

그대가 꽃이라면 한 송이 해바라기
해님 향한 일편단심 널리 전해주오

그대가 꽃이라면 한 송이 들국화
향긋한 꽃내음을 사방에 흘려주오

그대가 꽃이라면 한 송이 매화
불변의 사랑을 세상에 남겨주오

그대의 사랑으로 꿈꾸는 새싹들도
꽃으로 다시 피어 다시 그대가 되길

우리는

눈꽃이 내려요
온 마을은 조용한 겨울잠에 들지요
우리도 조용히 잠에 들어요
하지만 아무도 모른다지요
우리가 쑥쑥 자랄 힘을 모은다는 사실은

따뜻한 봄바람 옷을 입어요
빗방울 모자를 머리에 쓰지요
햇살이 조용히 이불을 걷어요
하지만 아무도 모른다지요
우리가 조금씩 기지개를 켠다는 사실은

뜨거운 태양은 맛있는 밥이에요
가마솥보다 뜨거운 열도 아랑곳않고요
온 몸을 때리는 소나기도 끄떡없어요
하지만 아무도 모른다지요
우리가 이렇게 강하게 자랐다는 사실은

파아란 하늘이 점점 높아져요
시원한 바람이 온몸을 간질여요
때론 모진 태풍에 흔들려도 잘 이겨내지요

하지만 아무도 모른다지요
우리도 이제 씨앗을 남길 때가 되었다는 사실은

이제는 모두가 알지요
우리가 이렇게 잘 자란다는 사실을.

여행 후 남기고
싶은 이야기를 쓰는 _

제주도 태고의 신비, 쇠소깍

'6시 내 고향'이란 프로그램에서 '쇠소깍' 여행기를 본 적이 있다. 저렇게 자연스러운 곳이 이 나라에 있다는 사실이 믿기지 않을 정도로 마음을 사로잡았다. 언젠가 제주도 여행을 간다면 꼭 가보리라 결심했다. 그리고 정말 우연치 않게 후배에게 밴드 알림이 왔다.

"제주도 2박 3일 방값 3만 원. 같이 가실 분. 날짜는 2017년 7월 24일부터."

이런 횡재가 있나? 싶었다. 가고 싶은 마음은 정말 굴뚝같았지만 이런저런 상황에 고민이었다.

'그래, 가자. 지금 아니면 또 언제 가볼까?'

가족과 함께 떠나는 여행, 홀로 떠나는 여행, 장단을 가졌다. 홀로 여행은 오롯한 나와 세상의 관계를 찾고, 가족 여행은 나와 가족의 관계를 찾는 여행이다. '나'를 알고 싶은 마음이 간절한 시기였지만, 떠나는 그 자체가 좋다. 떠남이 돌아옴의 시작이라는 그 여정이 행복이니 말이다.

출발.

지구가 생겨나고, 그 세월의 풍파에 생명이 생겨났다. 생명은 자연이란 이름으로, 이름으로 그 삶을 시작했다. 우리는 태고의 신비를 가진 자연이란 말을 서슴지 않는다. 우리도 자연이자 그 후손이다. 자연을 바라보면 마음이 여유로워지는 까닭이다. 엄마와 같은 존재, 어쩌면 엄마보다 엄마 같을지도 모른다. 쇠소깍. 소가 놀던 웅덩이의 끝자락. 깍지를 끼듯 살아있는 숲과 바위가 소 양 끝을 잡고 있다. 한라산 계곡물이 바다로 흐르고, 바다의 그 물은 다시 소로 흐르니 이곳이 바다인지 계곡인지 그 애매한 구분 선상에 섰다. 뛰어들고 싶은 충동을 눌러야만 했다. 깊은 맑음을 간직한 쇠소깍의 물이 자유로운 바위를 품는다. 사람이 자연을 즐기려 만든 길이 편리하면서도 아쉬웠다. 자연은 그대로인데 사람은 변할 뿐이다. 좋다 하고 나쁘다 하기엔 나 역시 너무도 이기적인 사람이 되어버렸다. 다시 태어난다면, 지금보다 훨씬 더 속물이 될 것 같아, 차라리 다시 태어나지 않는 것이 더 나을지도 모르겠다. 소나무와 계곡, 바다와 암석은 아름다움을 간직한 채 제각각의 모습을 살아가지만, 너무도 잘 어울린다. 나도 그런 존재가 되겠다고 다짐을 하면서도 늘 고집만 피우는 모습을 발견한다.

부산 태종대 바다가 그렇게 사람의 혼을 빼앗는 물이란 말이 떠올랐다. 바위에서 바다를 바라보면 자신도 모르게 물속으로 끌려 들어간다는. 쇠소깍의 깊은 맑음도 그렇게 사람의 시선을 붙잡는 묘한 힘을 지녔다. 쇠소깍 물은 그냥 물이 아니다. 고향 마을 못 둑에 올라 바라보던 그 물과 비슷하다. 어둠인 듯 어둠 아닌 그런 물속을 헤집고 들어가듯 두려움과 호기가 동시에 솟아나는 그런 물이다. 음지와 양지는 이렇게 서로 대립하는 듯하다. 하지만, 결코 서로 떨어질 수 없는 양립의 관계. 물과 흙도 그러하고 바다와 하늘도 그러하며, 너와 나도 그러하다. 이 세상 그 무엇이 독불장군으로 살아갈 수 있을까? 저 푸른 바다에 해가 비치면 이렇게 검게 보이고, 저 푸른 소나무도 이렇게 어둡다. 바다가 푸르거나 소나무가 푸르다는 것은 순수한 인간의 정의일 뿐, 자연은 그 어떤 의미도 부여하지 않고 그냥 그 자리에 그렇게 있을 뿐이다. 파릇한 활엽수의 잎을 보다 「아직은 연두」라는 박성우 시인의 시가 떠오른다. 세월의 무게만큼 짙어져 갈 잎을 보면서, 그 무엇이든 세월의 힘은 비껴갈 수 없나 보다.

저 멀리 하얗고 괴상한 바위들이 자꾸만 눈길을 잡는다. 저곳에 가고 싶다. 그곳에 가고 싶다. 너를 껴안고 만지고 싶다. 너의 품에 안기고 싶다. 너는 어찌 그렇게 세상에 너 자신을 환히 드러내느냐? 검은 해변은 검다. 태양을 머금어 뜨겁다. 저 멀리 수평선도 검다. 검은 해변을 걸었다. 물과 육지가 묘한 차이를 드러낸다. 정말 그저 신기할 뿐이다. 인생도 이와 같을 것이다. 같음과 다름, 그사이에 묘한 차이. 아이들은 아무 생각이 없는 듯하다. 물수제비가 훨씬 더 재미있을 뿐이다. 나도 그랬다. 그때 그 시절, 아버지가 돌아가셨을 때도 나는 놀고 싶었다.

그나마 나의 요구에, 아내의 요구에 기념사진 한 장 남긴다. 나는 아버지와 그런 사진이 한 장도 없다는 사실이 너무도 서글프다. 그냥 돌아가기 아쉬워 쇠소깍 주변 길을 돌아본다. 눈으로 담아 오길 잘했다 싶다. 사진을 믿을 수 없다. 물론 나의 사진 실력을. 나는 나의 눈을 믿고 싶다. 그리고 나의 마음을. 때론 믿어도 속는 경우가 많더라 마는. 한라산 계곡물이 이리도 강렬한 여운을 남기고 바다로 흘러갔나 싶다. 녀석들도 자신의 존재를 바위에 새기고 싶었나 보다. 얼마 전 사고가 있어 쇠소깍의 명물인 '태우'도 탈 수 없었다. 그냥 멀리서 바라만 본 쇠소깍의 모습이지만, 충분히 아름다웠고 의미 있는 명소였다. 그저 바라보았기에 더 소중했을지도 모른다. 이런 아쉬움은 다음이란 작은 약속을 낳는다.

역사

지나간다고 역사가 아니다. 역사는 만들어가는 것이다.

여행, 일상으로 돌아오는 길

제주 여행의 출발에서 도착까지

여행은 반드시 일상으로 돌아와야 하는 허무한 길이다.

가족과 함께 시간을 보내기가 쉽지 않다. 3교대 근무를 하는 아내와 아침 일찍 나가 밤늦게 들어오는 나. 각자가 각자의 방식대로 아이들과 함께 시간을 보내면서 지내왔다. 아내 없이 늘 우리만 돌아다니다 보니 자연스레 삼총사란 이름을 스스로에게 지어주며 즐거워하는 삼부자. 그리고 아내는 늘 어미 없는 자식이냐며 투덜댄다.

"뭐, 어쩌겠냐?"

하면서도 늘 그렇게 우리는 각자의 길을 가는 그런 이상하면서도 나름 괜찮은 가족으로 잘살아왔다. 물론 아내에게 고마움을 다 표현하지 못하는 내가 좀 못났긴 하다. 어쨌든, 후배님이 제주도에 방을 정말 싸게 구했단다. 방 하나에 2만 원. 순간 혹했다.

그리고 그냥 아무런 생각 없이 가겠다고 해버렸다. 그렇게 아내와 두 아들, 장모님과 친구 분들을 모시고 떠나게 된 제주도 여행 2박 3일. 할 일은 쌓이고 쌓여 가는 길 내내 마음에 걸리더니, 가서도 일이 신경에 쓰일 게 틀림없다.

그래도 이곳의 일상은 웬만하면 잊고, 저곳의 행복에 빠져보자는 마음을 먹었다. 어차피 갔다 오면 다 해결해야 할 일이니 걱정한다고 달라질 바는 없다. 김해 공항에서 아침 8시 비행기라 일찍 서둘렀다. 전날 늦게까지 일하고 짐을 부랴부랴 쌌다. 다섯 식구 짐 싸는 일이 예사가 아니다. 초등학생 두 놈과 할머니 한 분의 짐을 챙기는 일이 쉽지는 않다. 잘 챙긴다고 해도 늘 빠뜨리게 마련이다. 6시에 집에서 출발할 계획이었으나, 눈을 늦게 떴다. 그래도 다행히 7시 10분에 공항에 도착하여 티켓팅을 하고 비행기에 잘 올랐다. 비행기가 하늘을 날고, 비행 상황을 알려주는 안내계기가 내려왔다.

'음! 아주 괜찮은 느낌이다.'

사진 찍기를 좋아하지만, 식구들 데리고, 할머니 세 분 모시고 다니려니 사진은 고사하고 그냥 그렇게 잘 모시는 것만으로 다행이다. 여행은 이렇게 일상을 벗어나 또 다른 일상으로 들어가는 길이다. 이것이 여행의 시작이다. 여행의 설렘 따위는 잊은 지 오래고, 걱정이 앞서는 이유는 무엇일까? 아마 갔을 때의 고단함과 왔을 때의 부담감을 함께 안고 떠나는 설렘이기 때문이란 생각이다. 나는 여행을 너무 늦게 배웠다. 여행은 젊어서 하는 것이다.

공항에 내려, 어르신들을 위해 마련한 기사님이 계신 렌트카를 얻어타고, 우리 차를 렌트하기 위해 회사로 갔다. 공항 인근에 있는 피 렌트카. 전체적으로 사무적 느낌이었지만, 일처리하는 데는 아무런 문제가 없었다. 차를 저렴하게 빌려서인지 차가 썩 좋지가 않다. 그렇다고 굴러가지 않는 것은 아니다. 모든 게 돈값을 한단 말이 꼭 맞다. 차를 끌고 지도를 펼쳤다. 어디로 가야 하나? 계획을 세우다 아내와 티격태격했기에 나름 신경이 쓰였다. 여행을 떠날 땐 아내와 마음이 잘 안 맞다. 어쩌면 평소에도 생각 차가 꽤 크기 때문일 것이다. 나는 여행을 무계획으로 떠나 현지에서 최대한 느낌을 살려보자고 요구하고, 아내는 계획에 따라 여행을 하길 원한다. 뭐 서로 그럴 수도 있지 하고 만다.

아침을 먹지 않아 배가 고팠다. 내가 아니라 아내와 두 아들이. 나는 아침을 매일 거르니 배가 고파도 별 불만이 없다. 그냥 지나는 길에 있는 식당에 들렀다. 그리고 시원한 물회를 먹으려니 아직은 준비가 안 되었다고 한다. 큰 아들은 성게미역국이 먹고 싶다고 했다. 아내와 나는 된장을 시켰다. 음식이 아주 맛있었다. 허기가 맛을 보탰다. 실컷 먹고 나서, 이런 말을 나눴다.

"훈서야, 성게 한 마리하고 미역 조금하면 팔천 원이다. 맞제?"

"네."

6학년짜리가 뭘 알겠냐마는 작년에 성게를 바다에서 엄청 잡아 삶아 먹었으니 성게 한 마리가 미역국에 들어가 있어서 비싸다는 것을 알 것이다. 그렇다고 비싸다는 말은 아니다. 요즘 웬만한 밥 한 그릇에 팔천 원이면 비싸지도 않다. 된장은 정말 시원하니 맛이 좋았다. 우리 집 된장이 더 맛있는데, 하는 아쉬움도 잠시 잊게 했다. 아내가 블랙커피 말고 다른 커피를 마시고 싶다고 한다.

"그럼, 하나 사 마시자."

공항에서 협재 해수욕장으로 가는 길에 차를 세웠다. 그리고 그곳에서 아주 멋진 장면을 만났다. 돌고래가 한 번씩 볼 수 있다는 작은 카페.

돌고래를 찾으면 커피 한 잔을 공짜로 준다고 했나?

아들은 돌고래를 찾느라 망원경 안으로 들어가고 말았다. 경치도 너무 좋고, 아담한 커피 가게도 너무 마음에 들었다. 나도 이렇게 이곳에 눌러앉아 살고 싶다. 그냥 누구나 그런 일탈의 꿈을 꾸듯이. 나도 그렇게 살 수 있을 것 같다는 막연한 기대만 한 번 해보았다. 갑자기 효리가 생각난다. 그녀도 참 대단하다는 생각이다. 멋지다. 도란도란 이야기하는 모자. 망원경으로 비치는 세상은 어떨까? 하고 나도 망원경 속으로 들어가 본다.

다낭과 호이안(그 시작)

시간이 꽤 흘렀다. 아내가 여행을 떠나자고 제안을 한 지. 그리고 까맣게 잊고 있다 바쁘다는 핑계로 제대로 도와주지도 못했다. 아내는 바쁘게 병원 일에, 자격시험에, 가족 여행에, 시어머니 병시중에 이래저래 시간을 흘리고 있었다. 나 역시 강의 나가랴, 강의 준비하랴, 업무 보느라 정신이 없었다. 아침 강의에서 아이들 도서관 수업과 외부 강의까지 쉼 없이 흘러가는 시간을 잠시 멈추고 싶었던 욕망이 마음속에서 부글부글 끓고 있었나 보다. 늘 돈 좀 되는 일을 하라는 주변 사람들의 충고가 이제야 와 닿다니. 참 부끄러운 일이다. 내 가정 하나 제대로 건사하지 못하는 놈이 여행이라니.

그래도 여행 당일이 되니 제법 마음이 설레었다. 아이들 수업을 마친 일요일 오후, 아내의 퇴근을 기다렸다. 예상처럼 아내는 늦게 왔다. 7시에 집을 출발하여 공항으로 가야 하는데 6시가 다 되어서 집으로 왔다. 미처 마무리하지 못한 짐을 정리하고 간단하게 식은 밥 한 그릇에 요기를 한 다음, 김해공항으로 출발했다. 비행기 시간이 여유가 있었지만, 미리 가서 준비하는 버릇이 있다 보니 나도 모르게 서두르게 되었다. 아내는 병원에서 온 전화 통화에 여념 없었다. 짜증이 밀려왔다. 하지만 참아야 했다. 여행 가서는 반드시 서로를 존중하고 아내의 의견을 무조건 수용하리라 마음먹었다. 하지만, 시작부터 쉽지는 않았다. 그래도 여행은 시작되었다. 공항 인근 주차장에 주차를 했다. 봉고차로 우리는 국제선 청사에 들어섰다. 카트에 짐을 싣고 잠시 의자에 앉았다. 나는 바람을 쐰다는 핑계로 담배를 한 대 물었다. 알싸한 담배연기가 눈을 맵게 했다. 갑자기 인공관절 수술을 하고 병원에 계시는 어머님 생각이 났다. 매일 다녀오는 병원이지만, 며칠을 못 간다고 생각하니 마음이 썩 좋지는 않았다. 세상에 불효자식이 따로 있나 하는 생각도 들었다.

티켓을 발급받고 짐을 싣고 나니 금세 출국 게이트로 들어설 시간이 되었다. 무슨 사람이 그리 많은지. 한국이 참 살기 좋다는 생각이 저절로 들었다. 나는 아직 외국으로 나갈 형편이 되지 않는 녀석이지만, 운 좋게 아내 덕에 외국에도 나갔다. 참 재수 좋은 놈이다. 줄을 서서 기다리는 동안 아이들과 이런저런 이야기를 나누다 페이스북을 만지작거렸다. 지금 한국에는 무슨 일이 일어나고 있는지 궁금하기도 했다. 얼마간을 정신없이 보낸 여파로 세상 돌아가는 꼴도 모르고 살았던 것이 후회되었다. 뭐, 세상은 내가 없어도 잘 돌아가지만, 썩 좋지도 않아 보였다. 갑갑했다. 내가 굳이 갑갑할 이유가 뭐에 있겠냐마는, 이 나라에 사는 사람이니 이 나라 꼴이 맘에 들지 않는 것도 사실이다. 그 순간, 안내판 하나가 눈에 들어왔다.

비정상의 정상화란 문구가 너무도 마음에 와 닿았다. 웃음으로. 더군다나 이 말을 누가 했는지 생각해보면 정말 가슴이 저려왔다. 시간은 잘도 흘러 발길은 어느새 면세점 앞을 서성이고 있었다. 면세점에서 살 것이라곤 담배밖에 없었다. 면세점에서 물건을 사는 사람들이 이해가 되지 않는 때도 있었지만, 다들 각자의 삶이 있고 생각이 있으니 말이다. 여하튼 나는 담배를 샀다. 담배

계산대 앞의 줄은 길었다. 이 역시 안타까운 일이다. 남자고 여자고 모두가 담배를 몇 보루씩 들고 있었다. 우스웠다.

그리고 곧 탑승이 시작되었다. 비행기에 앉으니, 아이들은 기내식에 기대가 크다. 별것 없는 조그만 밥 두덩이와 햄을 얇게 쓴 사각 조각 하나, 그리고 호박을 으깬 샐러드? 한 덩이가 고작이지만, 아이들은 그냥 기내식을 좋아했다. 나 역시 맛있게 먹었다. 저녁이 부실했음이 여실히 드러났다. 평소에 몇 끼를 굶는 것을 습관처럼 하는 나지만, 비행기의 기내식은 생각 외로 맛있었다. 맛있게 먹는 모습을 보면 늘 기분이 좋다. 다른 이유가 있을까? 내 논에 물들어 가는 소리와 내 새끼 밥 먹는 소리가 제일 행복하다는 어른들의 이야기가 하나도 틀림이 없다. 하지만 나는 어머님이 더 먹어라 하면 화를 내곤 했다. 우습다. 아직까지도 늘 모자란 놈이긴 하다.

『톨스토이 단편집』을 조금 읽어 내려가다 금세 잠에 들었다. 다낭 공항에 도착했다. 생각보다 그리 덥지는 않았다. 공항이라 그렇겠지. 우리는 호텔에서 예약한 픽업 차량 기사를 찾았다. 그런데 기사가 보이지 않았다. 우선 핸드폰의 유심 칩을 교환했다. 5기가에 얼마를 준 듯한데, 아내가 하였기에 난 알 수가 없다. 아니, 들었는데 기억이 나지 않는다. 유심 칩을 바꾸고 담배를 한 대 피워도 기사는 나오지 않았다. 나는 그냥 택시를 타고 가자고 제안했다. 아내는 좀 더 기다려 보자고 했다. 아내가 유심 칩을 산 곳에 물어보자고 했다. 웃었다. 그래도 아내 말을 들었다. 가서 센터 호텔에 전화를 한 통 해달라고 부탁했다. 친절하게 전화를 해 주었다. 잠시만 기다리라는 답변을 받았다. 고마웠다. 나의 짧은 영어와 그들의 짧은 영어가 만나 우스운 대화 장면이 이어졌다. 그래도 세상의 언어는 통하기 마련이다. 잠시 후, 택시에서 하얀 종이를 든 기사가 걸어오는 모습이 보였다.

우리를 기다리다 잠이 들었나 보다. 호텔 픽업차량이 아니라, 택시 기사를 보낸 것을 보면, 호텔의 규모를 알 수 있을 듯했다. 하긴 저렴하게 방을 잡아 다섯 명이 한 방에 자려고 하니, 그럴 수도 있다는 생각이 머리를 스쳤다. 그래도 커다란 가방 두 개를 트렁크에 싣는 것이 쉬운 일은 아니었다. 택시에 기사를 포함해서 6명이 타니 꽉 차고도 비좁았다. 물론, 앞자리에 앉은 나는 편안했지만. 이 역시 미안한 일이다.

그렇게 흘러가는 다낭의 밤거리를 흐르듯 찍었다. 호텔에 도착하여 짐을 풀었다. 호텔 직원도 늦게 오는 우리가 반갑지는 않았을 것이다. 그래도 서로가 서툰 영어로 방에 도착하니 생각보다 깨끗하고 잘 정리되어있었다. 기분이 상쾌했다. 공항에서 산 소주를 한두 잔 마셨다. 속이 알싸했다. 그리곤 잠에 들었다. 그렇게 다낭의 첫날은 저물었다.

인생이 씁쓸하다고
느낄 때 쓰는 _

시험지

커다란 종이에 글자가 빽빽해요
선생님은 무서운 얼굴로 앞에 섰어요
"오늘은 기말고사 치는 날이에요."
가슴은 콩닥콩닥 얼굴에는 땀이 삐질
선생님 얼굴에 엄마 얼굴이 겹친다

커다란 종이에 글자가 빽빽해요
도대체 이런 걸 왜 하는지 모르는데
1번에서 5번까지 잘 고르면 좋데요
우리 아버지 복권 번호 잘 맞으면
100점보다 훨씬 좋아하실 건데

복권이랑 시험지랑
복권 번호랑 답안지 번호랑 살짝 겹친다.

공부에 대하여

공부를 왜 하냐는 질문에 대한 답은 단순하다. 사람은 잘살기 위해서 공부합니다. 정말 웃기지도 않은 대답이지만, 정말 진실한 대답이다. 그 이상도 그 이하도 아닌 우리들의 현실을 가장 잘 표현한 대답이다.

"자, 어서 문제 풀자. 시간은 한 문제당 1분이다."

"한 문제당 1분이면 너무 짧은 거 아니에요?"

"25문제니까 25분 만에 다 풀어야 돼. 현실에선 1문제에 40초야. 답안지에 옮겨 마킹도 해야 하니까."

이런저런 잔소리로 몇 분을 잡아먹고 나면, 학생의 문제 푸는 시간을 약간 잡아먹어 원하던 시간대에 마무리할 수 있다.

'젠장, 이렇게 학생들의 생각을 잡아먹는 놈이 무슨 선생이라고?' 속으로 혼자서 욕을 해대지만 현실은 그렇다고 스스로를 다독여 본다.

시간이 돈인 세상이다. 아르바이트도 시급으로 계산하고, 직장인들의 급여도 연봉으로 계산되는 세상이다. 내가 어떤 일을 어떻게 얼마나 해내었는가는 아무런 소용이 없는 세상이다. 그저 내가 몇 시간 일했기에 얼마를 버는 것이다. 물론 자영업은 그렇지 않다고 할 수도 있겠지만. 이 얼마나 우스운 현실인가?

영어 인증 시험도 시간이 촉박하고, 공무원 시험이나 대학수학능력시험도 늘 시간에 쫓기게 마련이다. 정말 안타까운 일이다.

아무리 시간이 돈이라는 세상이지만, 자유로운 생각은 사라지고, 암기를 해서 후딱 답을 찾아내는 것이 마치 우수한 인재를 뽑아내는 방편으로만 인식되는 세상이다.

자유로운 개인의 생각이 사라지는 순간, 우리는 끊임없는 지배와 퇴보의 길을 걷게 될 것이다. 사람은 다른 사람의 생각을 맞추고 그에 맞게 행동하는 훈련을 하는 존재는 아니다. 타인의 생각에 맞춰 자신의 삶을 살아간다면, 로봇과 다를 바 없지 않은가? 점점 인기를 끌어가는 인공지능 로봇보다 훨씬 뒤떨어지는 인간을 스스로 자처하는 꼴이다.

사람은 자신의 생각을 끄집어내는 연습이 필요하다. 그래서 공부를 한다. 사람이 공부를 하는 이유는 내 생각을 더 현명한 방식으로 이끌어내고, 잘 전달하기 위해서 공부를 한다. 자신의 생각이 세상의 긍정적인 변화에 도움이 되길 바라면서 공부를 한다.

"벌써 다 풀었어? 제법 실력이 되는데."

"생각보다 시간이 기네요."

"그럼, 그러니까 실제 시험을 칠 때도 여유 있게 집중하면 결과도 잘 나오겠지."

이렇게 또 아이들에게 거짓 공부와 타인의 기준에 맞추어 살아가라고 은근히 협박한다. 이런 일이 끊임없이 반복되는 세상에서 우리는 진짜 공부의 맛을 느끼기는 어려울 것이다.

'진짜 공부는 있잖아, 네 생각을 현실로 만들기 위해서 하는 거야.'

진짜 공부를 하는 재미를 찾을 수 있는 여유는 언제쯤 올까?

우리는 모두 working parents

워킹맘의 노고를 그리는 글들이 인기다. 워킹맘으로 살아간다는 것이 얼마나 힘든지 너무도 잘 아는 한 아버지로서 충분히 공감하면서도 못내 씁쓸한 마음을 지울 수는 없다. 나의 아내도 워킹맘이다. 아니, 어쩌면 이 시대를 살아가는 모든 엄마들이 워킹맘이다. 그런데 왜 워킹대디의 마음을 그리는 글은 없을까? 이 세상의 모든 아버지들은 자녀의 성장에 그렇게 무관심하단 말인가?

예로부터 자식 교육은 아버지의 역할이 컸다. 아버지는 자녀의 생활태도와 사회에서의 역할까지도 책임을 졌다. 자연히 자녀의 공부 관계도 아버지의 영향이 더 중요했다. 나의 아버지도 늘 아버지가 일찍 돌아가셔 나에게 아버지가 어떤 교육을 하셨는가는 정확히 기억나지 않지만 들일과 집안일을 병행했다. 자식 교육도 아버지의 몫이 컸다. 먹고사는 일이 더 시급했지만, 자식들은 교육을 시켜야 한다고 믿었다. 물론 어머님도 마찬가지로 농사일을 하셨다. 그리고 집에 오셔서는 가족의 끼니를 챙기시느라 늘 바쁘셨다. 아버지는 어머님이 식사를 준비하는 동안에도 끊임없이 다른 일을 하셨다. 결국은 누가 일을 하고 안 하고의 문제가 아니었다. 그냥 먹고살기 힘들던 시대에 각자가 맡은 일을 충실하게 해내었을 뿐이다. 그때에는 일하는 엄마란 말은 왜 없었을까? 당연히 모든 가족은 자신의 역할을 스스로 찾아 했기에 성별 논란에 싸일 처지가 아니었다. 농업시대와 산업시대가 맞물려 돌아가던 시골의 풍경에서는 그리 낯선 환경이 아니었다. 모든 집의 풍경은 유사했다.

도시의 산업화 모습은 굉장히 낯선 풍경이었다. 기계가 사람을 대체하면서 남자들은 밖에서 일하며 돈을 벌었고, 여자는 집에서 살림을 하면서 아이들을 키웠다. 남자들의 벌이로 먹고사는 일이 어느 정도는 해결되는 시절이었다고 판단된다. 물론 그렇지 못한 가정도 많다. 부부가 함께 벌고 함께 고생해야 겨우 아이 한 명 키울 수 있는 힘든 집도 많다는 것을 잘 알고 있다. 이런 경제적 사회 현상을 이야기하거나 탓하고자 하는 것은 아니다. 문화의 문제, 성별의 문제, 양성평등의 문제에 있어 단순히 워킹맘의 문제만은 아니라는 사실을 이야기하고 싶다. 시대를 살아가며 가족을 구성하며 자신의 역할을 충실히 해내는 모든 워킹맘과 워킹대디에게 위로의 말이 필요하다. 우리는 워킹 페어런츠다.

말을 잘하면 안 되는 이유

쪼깨난 기 어른들 말씀하시는데 끼들모 뚜디리 맞는다. 오데서.(조그만 녀석이 어른들 말씀 나누는데 껴들면 두들겨 맞는다. 어디서.)

네 이웃의 담장을 기웃거리지 마라

이웃집 담장을 기웃거리며
주워들은 말, 얼핏 스친 장면
이웃집 상황을 논하지 마라
얻어들은 풍문, 순간의 모습
그 마음을 논하지 마라
누군가의 마음을 함부로 기웃거리지 마라

내 아무리 안다고 까불어도
그 집에 살아보지 않고서야
어찌 이웃의 사정을 안다고 하겠는가?
내가 그가 되지 않고서야
그의 마음의 십분의 일이라도 알겠는가?

계약직

책상에 앉긴 했는데 무엇부터 시작해야 할지 몰랐다. 아니, 사실은 내가 딱히 해야 할 일이 없었다. 차 한 잔 마시고, 담배를 한 대 피고 나면 높은 분들이 출근했다. 그들은 내게 이런저런 일을 시켰다. 사실 이런저런 일이라고 해봐야 문서 작성 몇 장 하면 금방 끝났다. 다시 시간을 죽이기 위해 일회용 커피 봉지의 목을 따 아까 마신 힘없는 종이컵에 커피와 설탕과 프리마가 섞인 가루를 들어부었다. 뜨거운 물을 바닥에 깔릴 만큼 부어 빡빡 저으면 가루들은 대충 물에 녹아 들것이다. 그 위에 다시 차가운 물을 따르면 나름 멋진 냉커피를 맛볼 수 있었다. 커피만 마시면 심심하니, 또 다시 담배를 한 대를 피워 없앨 것이다. '몸에 안 좋은 담배는 빨리 피워 없애자.'라는 말도 안 되는 소리를 하면서. 화장실에 다녀오면 높으신 분들은 은근히 잔소리를 해댔다.

요새 젊은 것들은 도대체 알 수가 없어. 무슨 생각으로 사는지. 우리 때는 할 일을 찾아서 척척 했는데, 요새 것들은 스스로 하는 법이 없어. 시키는 것도 제대로 안하니 원, 참.

그따위 잔소리는 점심을 먹으러 가자는 말이 나오기 전까지 몇 번이나 허공을 맴돌았다. 원래 저놈들은 맨날 저런 소리를 해내니, 별로 대꾸할 힘도 없을뿐더러 괜히 대들었다가는 그마나 잠시 있는 이 자리마저도 사라질지 모르니 입 닥치고 있는 게 신상에 이로웠다. 저 높으신 분들은 진짜 나를 나무랄 마음이 있거나, 나를 위해서 저런 말을 하는 것은 아니었다. 그저 자신들의 짜증을 허공에 대고 불특정 다수의 나를 향해 소리 지를 뿐이니까.

자, 자. 우리 점심이나 먹고 일합시다.

드디어 밥 한 그릇 얻어먹을 때가 왔다. 입에 먹을 게 들어가면 기분이 좋아지는 게 높으신 분들이다. 마치 먹고 사는 것이 최고의 행복인 양 말이다. 밥 한 그릇 후다닥 먹고 나면 다시 커피 한 잔을 타서 높으신 분들에게 대접했다. 그들은 평소처럼 커피 한 잔과 담배 한 대를 물고 잠시 수다를 떨다 자리에 앉아 졸린 눈을 살며시 감았다. 높으신 분들이 잠시 꿈을 꾸면, 나는 다시 너덜해진 종이컵에 미지근한 냉커피를 타고, 어느 한 곳에서 아무런 말도 없이 담배 한 모금에 커피 한 모금을 동시에 들이켰다. 다시 던져지는 서류 한 장을 들고 옆 부서에 가져다주고 나면, 엄청나게 힘들었던 나의 하루는 지나갔다. 운이 좋다면 높으신 분이 시원한 맥주 한잔 하자고 제안을 했다. 그럴 때는 은근히 바쁜 척하면서도 마지못해 그들의 제안을 받아들였다. 정작 집에 가도 할 일이 없거니와 공짜로 한 잔 얻어 마시는 맥주에 하루의 피곤을 잊을 수 있을 것이니까. 오늘도 엄청난 스트레스와 힘든 업무로 하루를 의미 있게 보냈다고 자위하는 일은 언제나 술자리에서만 가능하기 때문이니까.

두부 속사정

엄마, 배고파요."

"벌써 배가 고프니? 점심 먹은 지 얼마 되지도 않았는데?"

3교대 근무로 바쁜 아내가 모처럼 쉬는 일요일, 작은 아들이 점심 숟가락을 놓은 지 얼마 되지도 않아 간식타령에 들어갔다. 아이들 간식을 미처 준비하지 못했던 아내는 부엌으로 갔다.

"뭐 먹을 게 있나? 없으면 시장에 가서 좀 사올까?"

"아뇨. 그냥 며칠 전에 장 본 게 있으니 한번 보죠."

"그냥 애들하고 나가서 뭐 먹을까? 오랜만에 외식이나 한번 하자."

나는 오랜만에 모인 가족이니 이른 외식을 제안했다.

"그냥 집에서 간식 좀 해주고, 있다가 우린 저녁 먹어요."

썩 좋은 형편은 아니지만, 간만의 가족 외식도 참자고 제안하는 아내에게 못내 서운했다.

"엄마, 뭐 해 줄 거예요?" 먹보 큰 아들도 신이 나서 거들었다.

"마파두부 해 먹을까?" 며칠 전 장에서 사 온 두부를 아내가 꺼내 들었다.

"마파두부? 그건 어떻게 해 먹어?"

두 아들은 신이 났다.

"두부를 살짝 튀겨서 내 맘대로 양념을 얹어 먹는 거지."

아내는 해맑게 웃었다.

"두부 오래 된 건데 괜찮을까?"

나는 소심히 외식을 한 번 더 제안했다.

"음, 두부 괜찮네요. 당신도 맡아봐요."

민감한 후각을 가진 내게도 두부는 괜찮았다.

"냉장고에 있었고, 냄새도 괜찮은데, 그냥 마파두부 먹어요."

아내는 두부를 도마 위에 올리고 깍둑썰기를 했다. 기름에 튀기려면 일이 많다고 프라이팬에 살짝 기름을 두르고 두부를 익혔다. 그리고 고추, 마늘 등 갖은 양념으로 소스를 만들어 두부 위에 살짝 올렸다. 상 위에 오른 두부에 깨소금을 솔솔 뿌리자, 금방 맛있는 마파두부가 완성되었다. 온 가족이 오랜만에 한 상에 둘러앉아 이야기꽃을 피우며 요리를 맛보았다. 배가 고프다던 둘째 아들의 젓가락은 보이지 않을 정도로 빨리 움직였다.

"녀석아! 천천히 먹어. 평소에 밥도 이렇게 먹으면 좋겠네. 하하."

"이런, 좀 천천히 먹어."

먹보 큰 아들은 동생을 견제하며 열심히 젓가락을 놀렸다. 두 녀석의 볼은 행복으로 부풀어 올랐다. 아내와 나는 그렇게 웃으며 아이들이 간식 먹는 모습을 보며 행복했다.

오후 5시가 되면 저녁을 찾는 큰 아들이 조용했다. 중간에 간식을 배불리 먹어서 그러리라 생각했다. 평소엔 늘 시끄러운 개구쟁이 두 녀석이 그날따라 왠지 조용했다. 장난도 덜 치고, 가만히 누워서 텔레비전에만 눈을 고정시켰다.

"오늘따라 녀석들이 착하네."

"배가 든든하니까 그렇겠죠."

아내는 오랜만에 뽐낸 요리 실력에 흡족한 모양이었다. TV를 보던 작은 녀석이 배가 아프다며 화장실로 향했다. 그리고 화장실 입구에서 그만 구토를 하고 말았다. 큰 녀석도 배를 살살 만졌다.

"배가 아파요."

큰 아들의 얼굴에 핏기가 사라졌다. 작은 아들은 힘없이 축 늘어져 창백한 얼굴로 그 자리에 풀썩 누워버렸다. 갑자기 두부가 떠올랐다. 두 녀석을 차에 태우고 병원으로 갔다. 일요일이라 그런지 제법 많은 사람들이 응급실에 있었다. 한참을 기다려 아이들의 진료 차례가 돌아왔다.

"뭐 잘못 먹었습니까? 식중독입니다. 일단 수액을 맞고, 탈진을 예방하시죠."

의사는 무뚝뚝하게 말하곤 자리를 떠났다.

"그러게. 아까 내가 두부 오래됐다고 했잖아."

갑자기 화가 나 애꿎은 아내를 탓했다.

"당신도 냄새 맡아보고 했잖아요. 괜찮다고 해 놓고는."

"그래도 그냥 나가서 먹었으면 이런 일 없잖아."

괜히 무안해진 난 응급실 밖으로 나와 버렸다.

그랬다. 겉으로 보기에 멀쩡한 음식도 속을 살피지 않으면 쉬이 알 수 없는 것이다. 하물며 '열 길 물속은 알아도, 한 길 사람 속은 모른다.'라는 말이 있지 않은가? 냉장고에 있다고 부패하지 않았을 것이라는 잘못된 믿음, 겉으로 살펴본 결과가 괜찮다고 쉽게 믿어버리는 어리석음. 눈에 보이는 것이 전부라고 믿어버리는 나의 자세가 잘못이었다. 건강한 몸에는 건강한 음식이 필요하듯, 우리 사회에도 건강한 인격들이 건강한 사회를 만든다. 내면에서 우러나는 진실한 삶이야말로, 부정부패 없는 건강한 사회의 밑거름이 될 것이다.

SNS에 남기고 싶은
이야기를 쓰는 _

떡 하나 받아들고

커다란 시루에 모락모락 솟는 김
달콤 고소한 향긋함이 코를 매만질 때
순간도 참기 힘든 그 아련한 기다림

어디 봉지에 싸서 남겨 둘까
어디 손에 묻을까
어디 예쁜 포장이 없나
걱정을 했던가

뜨거운 김 날아가기 전에
손에서 입으로 날아와
사라지고 만

학생들과 수업을 하고 나오는 길에, 학생이 예쁘게 포장된 떡 하나를 살며시 전해줍니다. 떡을 받아들고 보니 어릴 적 떡시루를 바라보던 그 긴 기다림이 생각났습니다.

필연

완전 난리도 아니에요. 전혀 예상치도 못한 일이 일어났어요. 로또에 당첨되었어요. 상상도 못 할 일이죠? 우연이라고요? 아뇨. 결코 우연이 아니에요. 제가 로또를 샀기 때문이에요. 우연은 없어요. 필연이죠. 살아가는 모든 시간과 공간, 그리고 선택.

소맥

요즘 대세는 소맥입니다. 소주와 맥주도 한데 섞이는 세상인데, 너와 나는 왜 타협을 못할까요? 따로 국밥도 어차피 배에 들어가면 똑같이 국밥인 것처럼 말이죠. 사람의 관계도 소맥과 닮았어요. 적게 말하고, 많이 들으면 좋은 관계가 됩니다. 강한 소주는 적게, 약한 맥주는 많이. 그래야 소맥 맛이 끝내줍니다.

나는 무엇을 원하는가?

모든 생명은 태어나는 그 순간부터 원하는 것이 있다. 바로 생존이며, 종족 번식이다. 종족 번식이야말로 생명의 존재 이유이다. 식물도 자신을 지키기 위해 나름의 방어체계를 구축하고 진화한다. 동물도 각자의 진화 과정을 통해 자신을 보호하고 종족을 번식시키기 위해 죽을힘을 다한다. 생명계의 자연스러운 과정에 인간이란 미흡한 존재가 끼어들어 세상을 혼란스럽게 만들 뿐이다. 스스로를 지킬 방어체계를 자연에서 몰래 훔쳐와 마치 자신의 발명품인 양 으스대며 자연을 파괴한다. 과학기술이라는 미명하에 자연을 지배할 수 있다는 커다란 착각에 빠져 산다. 그뿐만이 아니다. 모든 동식물을 미숙하게 폄하하며, 인간 존재의 수단으로 치부한다. 어디 그것이 전부인가? 동족 간에도 서로를 죽이지 못해, 또는 자신의 발아래 두지 못해 온갖 사회체제를 만들어낸다. 그 속에서 인간은 서로를 다스리고 복종하는 관계를 맺고 있다. 이것이 인간의 무한한 욕망이다.

그렇다면 나는 무엇을 원하는가? 내 인생의 목적은 무엇인가?

전어회

전 아버지는 너무 일찍 이 세상 떠나셨고 장인 어른도 몇 년 전 저 세상 가셨어요. 그래서 그런지 전 아버지들과 노는 게 좋아요. 아버님들은 늘 포근하시죠. 막내의 기질이 마흔이 넘어도 아직 남아 있어요. 오늘은 영어 수업하는 아버님들이 회를 사주신다 해서 마산 어시장에 갔어요.

전어회가 술술 넘어가더라구요.
소주가 술술 넘어가더라구요.
이야기가 술술 넘어가더라구요.
그렇게 시간도 술술 가더라구요.

오늘 집에 가서 아버님과 놀아 보세요. 어머님과 놀아 보세요. 예전엔 부모님이 우리와 놀아 주셨잖아요. 지금 놀아드리지도 않으면 금방 후회할지도 몰라요.

영어를 가르치는 방법

영어 책을 주고 먼저 읽어준다. 그리고 단어를 설명하고 해석을 해준다. 어떻게 그런 해석이 가능한지 문법적 기능을 알려준다. 문법을 설명하면서 우리말과 다른 어순이나 특이한 구조를 설명하면서 선생님은 아주 영어를 잘하는 듯 자랑질을 한다. 얼마나 잘 이해했는지 시험을 친다. 나는 그렇게 가르쳤다. 나의 유창한 발음이 얼마나 좋은지 자랑질을 하면서, 해석과 문법 실력을 자랑했다. 그리고 문제를 풀면서 왜 모르냐고 타박을 했다. 또 한번 가르치면서 내용 이해도는 글의 구성을 파악해야 한다며 또 다른 나의 언어 실력을 자랑했다. 썩을 놈이다.

영어 책 따위는 주지 않는다. 그냥 읽어준다. 영어를 여러 번 읽어주는 입이 아프지만, 자꾸 읽어준다. 그리고 문장을 읽어주면서 다시 무슨 말이지 이야기를 나눈다. 이야기가 끝나고 나면, 아이들과 수다를 떤다. 조금 나은 방법이긴 한 듯.

하지만, 스스로 공부할 의지가 없는 아이들에게 이러는 일도 고역이다. 참, 썩을 놈이다.

공부는 스스로 알아서 하고 싶어서 해야 한다. 아닌가? 그럼 우리는 어떻게 공부를 했지?

넌 간판이니?

— 넌 왜 길가에 서 있니?

— 몰라. 항상 사람들에게 차여서 아파

— 그럼 다른 데 있어야지.

— 어쩔 수 없어. 주인이 여기 세워놔서.

— 그렇구나. 참 불쌍하구나.

— 사람들만 널 괴롭히는 거야?

— 아니. 차도 날 괴롭히지

— 차가 왜 널 괴롭혀?

— 좁은 골목에 이렇게 나와 있으니까.

— 그게 무슨 말이야?

— 마주 오는 차를 비껴간다고 날 밟고, 치고 가니까.

— 그렇구나. 많이 아프겠다.

— 그럼 너만 피해 보는 거네?

— 아니. 나도 사람들을 괴롭히지.

— 어떻게 사람들을 괴롭혀?

— 사람들이 지나는 길에 버티고 있으니까.

— 아마 아이들이 제일 힘들어 하는 거 같아.

— 그렇구나. 너도 방해가 되는구나.

— 주인한테 말해봐. 간판은 손님들에게 주는 작은 즐거움이라고.

— 벌써 말했지. 하지만 사람들은 내 말을 듣지 않아.

— 욕심 때문에 그런가?

— 그렇겠지. 하지만 옆 집 내 친구는 아담하지.

— 아담하면 손님한테 잘 안 보이는 거 아냐?

— 아니. 손님들이 자기가 예뻐서 자주 온데. 그리고 주인에게 칭찬도 한데.

— 에이. 뭔가 다르니까 손님이 오는 거 아냐?

— 아니. 자기가 깔끔하고, 예쁘니까 주인도 맘이 좋을 거라며. 믿을 수 있다며.

— 참 신기하다. 그치? 크고 눈에 잘 띄면 좋다고 생각했는데.

— 아니야. 우리는 사람들에게 작은 정보를 주지. 크거나 화려하거나 멋질 필요는 없어. 신뢰를 주고, 웃음을 주는 그런 멋진 역할이지. 이렇게 멋진 우리가 왜 길에 나와 있어야 하지? 신뢰, 웃음, 정보는 다 어디로 가고. 왜 아이들을 막고 서고. 왜 자동차에게 치이고 밟히고, 왜 지나가는 사람들은 우리를 차고 가고. 이젠 나도 옆집 친구처럼 좋은 간판으로 다시 태어나고 싶어. 너도 알잖아. 우리는 사람에게 필요한 존재지, 귀찮은 존재는 아니라는 걸.

돌아오지 않는 너

한번 뱉은 말은 주워 담을 수 없다고 했다
'임금님 귀는 당나귀 귀'가 주는 교훈처럼
사람은 살면서 늘 말조심을 하라고 했다

한번 누른 글도 주워 담을 수 없는 세상이다
무턱대고 긁적인 한 줄 글은 흐르는 강물처럼
저 넓은 세상의 바다로 나가 돌아오지 않는다.

외국어

낯선 이가 말을 걸었다. 무슨 말인지 하나도 알아들을 수가 없었다.

어, 어, 어. 까짓 거. 그게 뭐라고?

그냥 몸짓, 발짓, 손짓으로 말했다. 오늘 외국어 실력은 만점이었다.

책을 읽고 기억하고
싶을 때 쓰는 _

책 한 권 읽는다고

어른들은 언제나 어디서나
무책임하게 이런 말을 뱉어요
책 좀 읽어라 책 속에 진리가 있다

어른들은 언제나 어디서나
아무런 생각 없이 이런 말을 뱉어요
공부 좀 해라 공부해서 남 주나

어른들은 언제나 어디서나
마음대로 나오는 대로 이런 말을 뱉어요
인생을 살아봐라 마음처럼 쉬운가

우리도 알아요 언제나 어디서나
책 속에 진리가 있지 않고
공부해서 때론 남 줄 수도 있다는 걸
그래도 인생은 마음대로 살아갈 수 있다는 걸

우리도 알아요 언제 어디서나

우리 삶의 주인은 우리 자신이기에
읽을 자유도 배울 자유도 인생을 누릴 자유도
다 우리 마음의 불씨에서 시작한다는 사실을.

『뇌를 위한 다섯 가지 선물』- 에란 카츠

따끈한 책이다. 출판일이 이천십삼년 오월 이십삼일이다. 내가 이십육일에 책을 받았다. 진짜 따끈한 책이다. 나의 뇌와 기억력에 뭔가 색다른 도움을 줄 수 있는 책이라 생각되었다. 이비에스 모닝 스페셜에서 이보영 선생이랑 리치 선생과 인터뷰하는 내용을 듣고, 바로 구매. 나의 책 지름신은 어딜 가지 않는다.

지식과 지혜를 주는 책이긴 하지만 내용은 완전히 반전이다. 스토리로 이루어진 책, 한 편의 추리 소설을 읽었다. 그리고 나의 기억력을 좀 더 잘 이용하는 느낌이 온다. 결국 나의 뇌를 좋게 만드는 것은 비움과 행복이다. 내가 행복하면 그리고 즐거우면 나의 뇌는 좋아라 하고 그 지식이 오래오래 간다는 것이다. 아픔은 치유하고, 용서하면서 행복은 고이 간직하면 된다는 것이다.

오늘 그냥 추리소설 하나 읽어보세요. 힘들게 생각하지 않아도 되는 행복한 이야기. 그 행복한 이야기에 우리의 아픔도 함께 녹아있답니다.

『침묵의 봄』 - 레이첼 카슨

가을, 명절이 다가오면 온 가족이 모여 벌초를 한다. 한 해를 지난 무덤은 잡초로 뒤엉켜 길을 찾기 힘들지만, 말끔히 벌초를 하고 돌아오는 길은 언제나 마음이 가볍다. 벌초가 끝나면 큰 집에 모여 식사를 한다. 해마다 큰 형님은 미꾸라지를 잡아 동생들에게 맛있는 추어탕을 끓여 주신다. 세상 어디에서도 맛볼 수 없는 최고의 추어탕이다. 형수님의 손맛까지 더해지니 그 맛을 잊을 수 없어, 해마다 집안 벌초는 빠지지 않는다.

"우와! 형님, 올해 미꾸라지는 왜 이리 큽니까? 무슨 장어만 합니다."

빨간 물통에 담긴 미꾸라지를 보면서 모든 형제들이 감탄사를 연발한다.

"요즘도 미꾸라지가 이렇게 많이 잡힙니까?"

"하모. 요새는 농약을 많이 안 치니까 미꾸라지도 많이 커지고,

잡히기도 전에 보다 영 낫네."

형님의 말씀을 듣고 보니 요즘 시골에서 농약을 치는 횟수와 양이 많이 줄어들고 있다. 바로 노동력의 부족 때문이다. 우리네 시골처럼 어른들만 시골을 지키는 경우, 또는 소작을 하는 농부들은 예전에 비해 농약을 치는 사례가 많이 줄었다. 그 이유가 좋든 나쁘든 농약 사용이 줄어든 사실은 참으로 다행이다.

하지만 대농들은 많은 농사를 제대로 짓기 위해서는 농약을 남용하고 있는 실정이다. 그리고 시골의 소작농들이 짓지 힘든 논밭을 대농들이 대신 짓고 있다. 대농들의 농사는 더욱 늘어나는 실정이다. 결과적으로 농약의 사용은 더욱 심해지고 있는 것이다. 비록 일부의 작은 마을은 농약의 사용이 줄어들었지만. 그 많은 농약들은 다 어디로 갈까?

'빗물에 씻겨 내려가겠지.'

우리가 먹으면 건강에 해로운 텐데.

'그냥 깨끗이 씻어 먹으면 지금 나의 건강에는 크게 해로울 것이 없겠지.'

안일한 생각은 최악의 결과를 만들어 내는 데 최고의 명약이었다.

돌아보면, 시골에도 청년들이 제법 있던 시절이 있었다. 여름, 가을이 되면 온 동네가 제초제며, 살충제를 친다고 정신이 없었다. 나 어릴 적에도 마찬가지였으니까. 농약을 치고 있으면, 뛰어오르는 해충들을 제비가 잡아먹기 위해 들판 위를 비행했다. 어느 때인가, 시골집 처마 밑에 제비가 집을 잘 짓지 않았다. 항상 봄소식을 물어 나르던 제비의 수도 격감했다는 사실을 알았다.

그 때는 이 사실을 받아들이지 않았다. 왜? 왜 제비가 예전처럼 많지 않지? 어? 참새도 많이 볼 수가 없어.

그렇게 세월은 지나갔고, 환경에 대하여 그렇게 많은 생각을 하지 못했던 나에게 우연히 환경생태해설사 과정을 배울 수 있는 기회가 생겼다. 지리산 순두류 자락에 자리 잡은 경남환경교육원에서 3일간 교육을 받았다. 지리산의 다양한 식물들과 동물들을 보면서 내가 놓치고 산 사실을 깨달았다. 어린 시절 자연을 무척이나 좋아하고, 자연에서 뛰어놀면서도 너무도 많은 식물과 동물이 있다는 사실을 모르고 지낸 나였다. 아니 동식물의 이름에는 관심도 없이 살았다는 것을 알았다. 그냥 소득이 되지 않으면 잡초요, 농사에 해가 되면 해충이었던 것이다. 그렇게 환경에 대하여 무심히 지내던 내게 환경생태해설사 과정은 지난 40여 년의 시간을 한순간에 뒤바꾸었다.

이후 환경에 관심을 가지고 몇 가지 현상들을 되짚어 보았다. 그리고 막연히 짐작만 하던 그 일들이 눈앞에 펼쳐지고 있다는 사실은『침묵의 봄』을 통해 확신하게 되었다.『침묵의 봄』, 봄이 되면 가장 먼저 깨어나는 것은 바로 자연이었다. 동면을 끝낸 개구리의 봄노래와, 긴 잠에서 깨어나 기지개를 켜는 풀잎에는 생기가 돌아야 한다. 하지만 생명의 기지개는 지금 빼근한 몸짓을 할 뿐이다. 아니 벌써 온몸은 망가질 대로 망가진 채 겨우 눈을 떠 생명을 연장하고 있을 뿐이라는 생각이 들었다.

바로 농약, 대농들이 생산량을 늘리기 위해 온갖 기계를 이용하여 뿌려대는 제초제와 살충제였다. 농약이 어디로 갈까? 농약은 흘러 시내로, 강으로, 그리고 바다로 가버렸다. 흐르지 못한 농약의 성분은 그대로 땅으로 스미어 내가 먹는 배추요, 쌀에 흡수된다는 사실을 잊고 있었다. 곡식을 갉아먹는 해충들은 개구리의 먹이가 되고, 새의 먹이가 되어 다시 새의 몸에 축적된다. 농약이 잔뜩 묻은 풀을 먹은 소와 돼지는 다시 나의 입으로 들어온다는 사실을 알면서도 왜 잊었을까?

우리는 초등학교 과학책에 너무도 정확히 나오는 생태계와 먹이 연쇄를 벌써 잊어버린 것이다. 왜 우리 어른들은 당장의 경제효과에 눈이 어두워 3일 앞을 내다보지 못하는 것일까? 우리는 지금 행복하다. 세계 인구의 20%는 굶주리고 있지만, 지금 우리는 배불리 먹고 살지 않은가? 농약이 들어도 당장 우리는 맛있게 먹고 있다. 아니 농약이 들었다는 사실을 인정하면서도 아무 문제가 없다고 생각한다. 하지만 우리의 후손은? 우리의 후손이 살아갈 때 그들은 무엇을 먹을 수 있을까? 그냥 농약에 담가 놓은 사과를 먹고, 농약에 지은 밥을 먹고, 농약에 양념을 한 고기를 먹고, 농약에서 양식한 생선을 먹을 것이다.

이제 바뀌어야 한다. 아니 지금도 늦었다. 하루라도 빨리 자연과 인간이 더불어 살아갈 세상을 만드는 것은 바로 우리의 몸과 주변의 동식물과 우리의 자연을 농약으로부터 자유롭게 하는 일이다. 『침묵의 봄』, 우리는 침묵하지 말아야 할 것이다. 봄이 큰 소리로 "잘 잤다."라고 노래를 부르게 하자. 레이첼 카슨의 책은 우리에게 당연하지만 당연하지 않은 이야기를 해주고 있다.

『가난뱅이의 역습』 - 마쓰모토 하지메

작가의 주장

세상을 향한 빈자들의 외침!

저자는 소시민들도 기득권층을 향하여 자신의 목소리를 내어야 한다고 주장한다. 달동네에서 살 때부터 온갖 기발한 행동으로 주변 사람들을 놀라게 한 저자는 대학에 가서 본격적으로 자신의 의견을 세상에 알리기 시작한다. 그는 기발하면서도 놀라운 아이디어를 직접 행동으로 옮기면서 호세대학의 각종 규제에 대하여 쓴소리를 하고, 학생식당의 밥값 인상에 반대하는 데모를 신나게 전개한다. '아마추어의 반란'이라는 재활용 가게를 개점하고 이웃 상인들과 유대관계를 확장하면서 사회를 향해 일침을 고한다. 또한 저자는 합법적인 시위를 위해 구의회 선거에도 출마했고, 다큐멘터리도 제작을 했다. 독일에 다녀온 그는 선진화된 데모 현장을 배우고 와서 보다 참신한 아이디어로 세상을 향한 독한 일침을 계속해서 준비해 나가고 있다.

저술의도와 목적

일류처럼 외치는 삼류 인생의 외침!

저자는 세상이 부자 중심으로 돌아가고 가난한 사람들은 설자리가 없음을 알리고자 이 글을 썼다. 저자는 합리적인 소비가 개인의 생활을 보다 편리하게 만들어 줄 수 있다고 믿는다. 또한 지역민의 연대로서 많은 어려움을 쉽게 극복할 수 있다고 생각한다. 하지만 세상은 부자와 기득권들을 위해서만 존재하는 합리성 때문에 개인은 설 자리가 없다고 생각을 하였다. 결국 기발하면서도 참신한 아이디어로 개인과 지역민의 문제를 해결해 나가고 나아가 세상을 바꾸는 일에도 삼류 인생도 참여할 수 있다고 생각한다.

저자는 누구에게나 평등한 기회가 주어져 모든 가난한 사람들도 자신의 소리를 내기를 바란다. 가난한 사람들은 시작하는 단계부터 평등이라는 기회가 없이 시작한다. 하지만 이제는 가난한 사람이나 부유한 사람이나 모두 똑같은 기회를 부여받아 자신들의 목소리를 세상에 알림으로서 같은 기회를 부여받아 세상에 나아가야 한다. 이렇듯, 세상의 다양한 사람들이 한데 어우러져 조화롭게 살아갈 때 세상은 더욱 희망을 만들어 나갈 수 있다.

책의 주제와 요점

- 주장주제문 : 소시민도 세상을 향해 소리칠 권리는 있다.
- 의도주제문 : 저자는 가난한 자는 세상에 자신들의 소리를 낼 수 없는 현실을 안타까워해서 이 글을 썼다.
- 목적주제문 : 저자는 이제 소시민도 당당히 자신의 의견을 피력할 수 있는 세상이 되길 바란다.
- 책의 주제문 : 소시민도 세상을 향한 자신의 소리를 당당히 던지자.
- 도서요약 장별 주제문

  1. 빈자들의 생활 지침
  2. 빈자들이여! 이제는 세상으로
  3. 나는 이런 식으로 세상에 소리쳤다.
  4. 자신의 소리를 내는 사람들

요점

소시민도 당당히 세상을 향해 자신의 소리를 낼 수 있는 세상으로 만들어야 한다.

세상은 풍족한 사람들을 중심으로 돌아가고 있다. 부자들은 물건을 낭비하여 살아가지만 가난한 사람들은 겨우 하루살이를 하고 있을 뿐이다. 이제 가난한 사람들도 부자들을 부러워하지만 말자. 조금은 자신에 맞는 삶의 방식을 찾고 개인의 생활을 안정적으로 바꾸어야 한다. 그리고 안정적으로 바뀐 자신의 생활은 세상을 향해 소리를 내지를 수 있는 바탕을 제공한다. 이제 세상을 향해 힘껏 소리를 지르자. 파괴적인 행동이 아닌 세상을 향해 일침을 가할 수 있는 아이디어는 많다. 다양한 아이디어가 새로운 세상을 만드는 기본이 될 것이다. 서서히 바뀌는 세상에서는 부자만이 중심이 아니라 모든 이들이 중심이 될 것이다. 이제 가난한 사람도 자신의 의견을 내세울 수 있는 세상을 만들어 가자.

요약

1. 빈자들의 생활 지침

가난한 사람도 세상을 보다 즐겁고 유쾌하게 살아가는 방법이 있다.

인간의 기본인 의식주 해결이다. 제일 먼저 사람은 옷을 입고 살아야 한다. 싸구려 옷만 입기 싫다면 모임에 가서 은근히 자신의 의류 브랜드를 자랑하는 사람의 옷을 입고 나와라. 단 금전적인 부분은 절대로 손대면 안 된다. 이보다는 자신만의 개성 넘치는 옷을 만들어 입어 보는 것은 어떨까?

다음으로 먹고사는 문제이다. 인맥을 활용하여 재료를 구하던지, 밥을 얻어먹어라. 단 약간의 돈이라도 생기면 베풀 수 있어야 인간이다. 두 번째, 고급 식당에 서류와 핸드폰(당연 공짜폰)을 두고 외출하는 듯 빠져나와라. 셋째, 잔칫집은 먹을 것이 많다. 출판회, 기념회, 동창회 등은 맛있는 음식을 제공한다. 단, 복장은 멋지게 차려입을 것. 공동 자취 생활을 하면 잔반이 줄어들어 식재료비를 아낄 수 있을 것이다.

이제 우리의 따뜻한 보금자리, 집 문제다. 근교의 오래된 아파트를 발품을 팔아 찾아본다면 꽤 괜찮은 곳을 구할 수 있다. 집을 구했다면 어찌 되든 보증금과 월세는 깎아보자. 이런 집 주인들은 대체로 나이가 많아 양보도 잘된다. 그리고 밑져야 본전. 집을 구하지 못한다면 이동이 좋은 자동차를 집으로 여겨라. 몸뚱이 하나인 청춘에게는 자유를 주는 멋진 곳이다. 공동생활도 멋진 방법이다. 작은 집을 얻어 몇 명이 나누어 사용한다면 경제적 효율이 훨씬 높다. 여러 난관이 있지만, 노숙도 멋진 경험이 될 것이다.

가난한 사람도 일하러 가야 한다. 이동은 대중교통을 이용하고 자전거와 오토바이를 활용하라. 이제는 흔한 카풀도 추천할 만하다.

2. 빈자들이여! 이제는 세상으로

가난한 사람도 이웃과 협력하며 저마다의 역량을 발휘할 수 있다.

저렴한 이면지 종이와 공공기관에서 해주는 저렴한 인쇄를 이용하여 인쇄물을 마음껏 창간해 보자. 또는 인터넷 라디오로 자유로운 미디어를 만들어 보자. 정보는 삶을 윤택하게 하는 기본이다. 정보는 이웃을 자극해 그들에게 변화를 일으킨다.

이제 거리로 나가자. 우리의 외침을 세상을 향해 던질 차례다. 가난한 사람들도 이웃과 연대하면 큰 힘을 발휘한다. 이웃과 소통할 수 있는 회람을 이용하여 동네회의를 적극적으로 활성화시켜라. 웬만한 가게들이 뭉치면 필요한 물건은 서로 조달할 수 있다. 이것이 바로 재활용이다. 재활용은 대기업들이 바가지를 씌워 소비자에게 부담을 전가하는 것과는 차원이 다르다. 수리와 개조를 통해 새로운 필요 물자를 만들어 낼 있다.

이런 이웃들과의 연대는 자신의 지역을 알릴 수 있는 멋진 공공장소를 제공할 수 있다. 바로 이 장소에서 세상을 향하여 올바른 소리를 낼 수 있는 아이디어와 작전이 만들어진다. 모든 것은 준비되었다. 세상을 향해 소시민들이 뭉쳐 바른 소리를 질러보자.

3. 나는 이런 식으로 세상에 소리쳤다.

각종 아이디어로 세상을 파괴하는 반란이 아니라 세상을 바꾸는 반란을 일으키자.

학생 시절, 각종 규제로 학생들의 자율을 막는 호세대학에 기발한 아이디어로 캠퍼스를 혼란시켰다. 캠퍼스에서 난로에 찌개를 끓여 학우들과 술을 나눠 마시며 학교의 주인인 학생의 권리를 주장했다. 또한 '호세대학의 궁상스러움을 지키는 모임'을 결성하여 학교 식당에 대들었으며, 야간대학을 없애려 하는 대학의 일방적 조처에 구린내가 나는 갈고등어를 총장실 앞에서 구워 냄새를

날려 보내기도 하였다. 결국 총장실 페인트 범벅 사건으로 대학은 경찰력을 동원했고 투옥되었다. 이후 학교는 대량 학점을 나에게 주어 강제 졸업을 시켰다.

가난뱅이 대반란의 일환으로 노상에서 대연회를 펼치기도 하고 롯폰기 힐스에서 집회를 열어 찌개를 끓여 술을 마시며 공권력에 대항도 하였다. 또한 방치된 자전거를 철거하고, 찾으러 가면 비싼 돈을 요구하는 공공기관에 대항하는 데모도 펼쳤으며, 미리 데모를 선포하고 단 3인이 모여서 술을 마시는 데모도 하였으며, 데모 신청 후 데모를 하지 않는 바람맞히기 데모도 하였다. 큰 문제는 반 PSE 데모였다. PSE는 전자제품 안전법인데, 이 마크가 없으면 전자제품을 사고팔 수 없다는 법안이었다. 재활용품점에는 직격탄을 날리는 정부의 선포였다. 이는 필시 대기업의 횡포이리라. 이에 대응하여 신주쿠 역 앞에서 PSE반대 집회를 열어 중고 가전제품 살리기 운동을 벌였다. 월세 공짜 데모도 펼쳤다.

하지만 데모란 제약이 많아 보다 신나는 데모를 준비하였다. 바로 선거에 출마하는 것이었다. 선거 첫날, 미국DJ 필래스틴과 래퍼 ECD가 등장하여 흥을 돋우며 수많은 바보 군중들이 역 앞을 메웠다. 비록 천여 표에 불과한 득표였지만 세상을 향한 나의 소리를 마음껏 내지를 수 있었다.

4. 자신의 소리를 내는 사람들

세상은 우리도 모르게 자신들의 소리를 내고 있는 사람들이 많이 있다.

하나, 빽빽한 헌 책들 사이에서 커피와 술을 마실 수 있는 세타

카야 구의 헌책방 카페 기류사를 들 수 있다. 평범한 회사원이었던 주인은 2007년 가게를 오픈하고 독서회나 토크이벤트를 열어 자유와 해방의 맛을 제공한다.

하나, 신주쿠 주상 복합 빌딩에서 잡화를 파는 이레귤러 리듬 어사일럼에는 돈을 벌려는 제품이 아닌 자유와 해방을 추구하는 세상의 물품들이 모여있다. 또한 이곳에는 세상의 별별 인간이 다 찾아와 온갖 정보들이 넘쳐나는 곳이다.

하나, 온갖 봉기와 불온한 소동을 일으키는 사람들을 위한 구원 연락센터가 있다. 자유로운 봉기도 경찰체포와 무관한 것은 아니다. 이때, 변호사 선임과 상담을 해주는 곳이다.

하나, 무엇이든 할 수 있는 공간, 포이트리 인 더 키친, 영화상연, 각종 이벤트, 카페도 열며, 아무런 목적 없이 들러도 재미있을 공간이다. 티셔츠도 만들 수 있다.

하나, 출판업계와는 다른 독립유통이나 미니컴들을 주로 취급하는 책방인 모색사 & 타코세도 있다. 온갖 부류의 책과 인쇄물을 소장하고 위탁 판매하는 곳으로 우리의 〈가난뱅이 신문〉도 이곳에서 베스트셀러로 기록되고 있다.

하나, 별별 희한한 오합지졸의 모임장소이자 술집인 아카네와 직장에서 불만과 문제가 생겼을 때 찾을 수 있는 프리터 전반 노조도 있다.

나의 후기

- 제목 : 세상을 향한 진정한 소리, 나

세상을 향한 진정한 소리, 나!
세상의 변화는 바로 나에게서 시작이다.

안철수 서울대 융합과학기술대학원장이 14일 1천500억 원대의 안철수연구소 주식 지분의 사회 환원 방침을 밝히면서 그의 차기 행보에 정치권의 관심이 집중되고 있다. 특히 그가 지난 서울시장 보궐선거를 전후해 사실상 유력한 차기 대권주자로 분류됐다는 점에서 이번 재산 사회환원 방침 공개가 대선 출마 결심을 굳혔음을 시사하는 것 아니냐는 전망이 나오고 있다. (중략) 무엇보다 그의 재산 환원 방침은 "다른 목적을 갖고 있지 않다."는 설명에도 불구하고 사실상 대선을 겨냥한 정치 행보를 본격화한 것이라는 관측이 힘을 얻고 있다. — 하략(《조선일보》, 2011. 11. 14)

최근 전 국민이 알고 있는 안철수 교수의 행보가 여러 면에서 주목을 받고 있다. 이렇듯 유명한 사람 하나의 행동은 사회에 큰 파장을 던지지만, 서민들의 한숨 섞인 외침은 밑 빠진 독의 물처럼 어디론가 새고 만다. 하지만 우리가 살고 있는 세상에는 자신들의 목소리를 자주적으로 내는 사람들도 많이 있다. 얼마 전 크레인 농성을 끝낸 한진 중공업의 김진숙 씨, KTX 여 승무원의 농성, 학생들의 일제고사를 반발하는 한 교사의 1인 시위 등 다양한 사람들이 자신의 목소리를 줄기차게 외치고 있다. 그들이 원하는 것은 모두 자신들의 신념에 의해 세상의 부조리를 잡고자 하는 의지의 관철이다. 그들의 신념이 모두 옳다고는 할 수 없다. 또한 시위를 한다고 해서 시대가 바뀌고, 모든 사람들의 의식이 변하는 것도 아니다. 비록 완전하지 못하고 미숙한 의지라도 세상을 향해 당당하게 소리를 내는 이들의 외침이 세상을 바꾸는 힘의 원천이 될 것이다.

인간은 적응의 동물이라고 하지만 자신의 소리를 당당히 낼 수 있는 자주적 정신을 가져야 한다. 이것이 진정한 진화의 본능을 지닌 인간이 할 수 있는 일이다. 자신의 신념과 믿음을 세상을 향해 펼치면서 이웃과 사회와 더불어 살아가는 사람이 진정한 이 시대의 주인이라 할 수 있을 것이다. 이제 당당히 자신을 세상에 펼쳐 보이자. Carpe Diem! 세상은 순간순간 살아가는 것이 아니라 순간순간 즐기는 것이다.

『네 안에 잠든 거인을 깨워라』 - 앤서니 라빈스

건물 청소부에 불과하던 앤서니 라빈스는 감정 관리의 원칙, 성공 조건화 기술, 개인적 내부 원칙, 힘을 주는 질문법과 감정 관리법, 지렛대 원칙을 이용해 변화심리학의 최고 권위자가 되었다. 그는 결단의 힘을 이용하여 지속적인 자기혁신으로 새로운 운명을 창조할 수 있다고 믿었다. 지자는 질문을 통하여 자신이 진정으로 원하는 것이 무엇인지 발견하였다. 그리고 긍정적인 변화를 위한 믿음의 체계를 바꾸어 새로운 인생을 창조했다. 현재 그는 전 세계적으로 유명한 조언자가 되었다. 앤서니는 자신의 힘을 믿으면 이루어 내지 못할 일이 없나는 것 몸소 보여주고 있다.

자신의 믿음으로 변화를 이끌어낸 사람들이 더 나은 세상을 위한 변화를 이끌어낸다. 역사적으로 성공한 이들, 예를 들어 레오나르도 다 빈치, 에이브러햄 링컨, 헬렌 켈러, 마하트마 간디, 마틴 루터 킹 주니어, 앨버트 아인슈타인 등 자신의 기준을 높여 위대하고 강렬한 삶을 산 이들은 수없이 많다. 이들은 모두 세상을 더 나은 방향으로 바꾼 사람들이다. 이제 우리 자신도 자신을 변화시켜야 할 때임을 알아야 한다. 이렇게 긍정적으로 바뀐 개인들이 성공한 삶을 살고, 그들이 세상의 긍정적 변화를 이끌어낼 것이다.

매 순간을 느끼고 생각하는 방식을 좌우하는 힘의 주체가 되는 내부시스템을 이용하여 정확한 판단을 내린 이들은 자신의 분야에서 최고가 된다. 그리고 그들은 자신들이 세운 목표를 이루기 위해 긍정적 감정으로 마음을 다스리고 변화할 수 있다는 믿음으로 꾸준히 노력한 사람들이다. 성공하지 못한 사람들은 성공한 사람을 부러워만 하고 있다. 이런 이들도 변화의 힘을 느끼게 되면 개인의 성공은 물론, 세상의 성공에도 기여하게 될 것이라고 믿고 있다.

인간이 자신이 가진 내면의 힘을 이용하여 자신을 긍정적으로 방향으로 바꾸는 데에는 기술이 필요하다. 바로 성공조건화 기술, 내부원칙, 힘을 길러주는 질문법, 감정 관리법, 감정 관리의 원칙, 능력의 집중 등이 있다. 성공 조건화 기술이란 제한된 믿음을 변화시켜 인생의 기준을 높이는 것이다. 내부원칙이란 상황판단을 잘 해 효율적 가치 평가를 시험하는 것이다. 질문법은 강력한 힘을 가진 질문의 수준을 끌어 올리는 것이다. 따라서 우리는 문제해결을 위한 의욕적인 질문을 해야 한다. 감정관리란 현재의 감정을 확실히 하고 자신에게 도움이 되는 것을 받아들이는 것을 말한다. 능력의 집중은 사고를 집중하면 무엇이든 현실화할 수 있다는 말이다. 따라서 우리는 이러한 원칙들을 이용하여 우리 내면에 잠자는 거인을 깨워야 한다. 인생의 기준을 높이고, 확신으로 제한된 믿음을 변화시켜 거인을 깨우고, 실천을 통하여 지속적인 자기혁신을 창조하는 하는 일은 바로 자신의 운명을 개척하는 길이다.

1. 인간 내면의 숨은 힘

자신에 대한 믿음이 무한한 잠재력의 원천이다.

대부분의 사람들은 자신을 둘러싼 환경이 운명과 많은 관계가 있다고 생각한다. 하지만 실제로 인간의 운명은 자신의 내면에 숨겨진 능력을 찾아내고 그 능력을 직접 실천함으로써 개척될 수 있다. 우리 인간의 내면에는 우리도 알 수 없는 거대한 거인이 잠자고 있다. 이 거인을 깨우는 일이 인생의 긍정적 변화를 이끌어내는 시발점이 될 것이다. 거인을 깨우기 위해서 상황을 통제하는 감정을 다스리고 자신의 가치를 높이는 질문을 스스로에게 하라. 자신의 감정을 통제하고 스스로에게 던지는 질문의 수준을 높이는 일은 자신의 한계를 뛰어넘는 원대한 목표를 만드는 강력한 동기를 부여한다. 이렇게 부여받은 동기는 높은 목표를 가지게 한다. 이런 목표가 두뇌의 힘을 변화시키는 신경과학체계를 과학적으로 이용하게 하게 한다. 또한 반드시 자신이 어떤 일을 해내겠다는 결단의 힘은 무한한 잠재력의 원천인 자신에 대한 믿음을 강화시킨다. 인간 내면의 숨은 거인은 이렇게 깨어나는 것이다.

2. 인간 내면의 잠자는 거인을 깨우는 방법

체계적이면서도 과학적인 방법이 무한한 능력을 개발한다.

인간이 사용하는 말에는 강력한 힘이 숨어있다. '말이 사람을 바꾼다'라는 말이 있을 정도로 말은 사람의 운명을 결정짓는 역할을 한다. 틀에 박힌 표현들을 새로운 말, 즉 변화시키는 말로 바꾸는 것이다. 이렇게 새롭게 바뀐 표현들은 인간관계마저도 변화시킨다. 이제 말과 행동을 일치시켜 자신의 감정을 다스려라. 인간이 감정을 다스리는 일에도 단계가 있다. 자신의 감정이 무엇인지 정확히 알고, 도움이 되는 감정을 받아들이는 것이다. 그리고 그 감정이 뜻하는 바를 생각하여 자신감을 가져야 한다. 또한 감정을 잘 다스릴 수 있다고 믿고 적극적으로 행동을 해야 한다. 자신의 감정을 다스릴 수 있게 되면, 자신이 원하고자 하는 바에 대한 수준 높은 질문을 해야 한다. 수준 높은 질문이란 문제를 해결할 수 있도록 도와주며, 힘든 일을 이루어 낼 수 있다는 가정의 효과를 증폭시킨다. 이제 높아진 생각의 수준으로, 사고를 집중하고, 자신만의 미래 청사진을 만들어 내어야 한다.

그 다음 자기 두뇌의 힘을 발전시키는 신경과학체계는 6가지를 알아야 한다. 첫째, 자신이 원하는 것과 그것을 방해하는 것을 찾아내라. 둘째, 지금 변하지 않는 부정적인 습관은 끔찍한 고통에, 긍정적 변화는 엄청난 즐거움에 연결하는 지렛대 효과를 이용하라. 셋째, 습관적으로 행하는 부정적인 패턴을 깨뜨려라. 힘든 상황을 재미있는 만화영화처럼 그리는 것도 부정적 패턴을 깨는 좋은 방법이다. 넷째, 고통스러운 상황을 이겨낼 힘을 주는 새로운 대안을 창조하라. 다섯째, 새로운 긍정적 패턴이 안정될 때까지

지속적으로 조건화하라. 여섯째, 반복된 시험을 하라. 이런 일련의 과정을 통해서 인간의 두뇌는 긍정적인 능력을 무한히 발휘한다. 이제 자신의 제한된 믿음과 삶의 전략을 변화시켜 인생을 기준을 높이는 것이 중요하다. 이제 높아진 기준의 목표를 이루기 위해서는 진정한 결단의 힘을 활용하자. 결단은 자주 즐기되, 단호히 하라, 또한 결단한 목표는 유연히 접근해야 한다. 작은 변화를 위한 결단은 한결 수월하게 목표를 달성하게 한다. 이렇듯, 결단은 작은 것으로 시작해서 큰 것으로 이동시켜라. 이제 변화를 만들어 내는 자신의 믿음을 확고히 하는 것이다. 그렇게 형성된 자신에 대한 믿음은 긍정적인 변화를 가져오며, 인생의 계획을 스스로 짤 수 있도록 도와준다. 장기적이면서도 효과적인 변화를 위해서 가져야 할 구체적인 믿음은 첫째, '반드시 바꿔야만 한다'는 신념요, 둘째, '반드시 내가 그것을 바꾸겠다'는 신념이요, 마지막으로, '내가 변화시킬 수 있다'는 신념이다. 이제 우리는 제한된 믿음을 무한한 믿음으로 바꾸는 진정한 리더가 된다.

3. 실천을 통한 능력의 강화

알았으면 행해야 자신의 것이 된다.

우리는 행복해지기 위해서는 어떤 일이 일어나야 할 필요는 없다. 조건에 상관없이 즐기겠다는 높은 기준이 중요하다. 자신이 주체가 되어 환경에 영향을 받지 않는 결단과 믿음은 자신의 최종 가치관을 높인다. 또한 단순히 다양한 참고경험(간접경험)이라 하더라도 경험 그 자체가 아닌 조작방식과 이해방식에 따라 잠재적 선택의 수준이 높아진다. 이렇게 높아진 가치관은 비약적 발전을 이루는 자기만의 아이덴티티를 형성하도록 도와준다.

이제 확고한 결단과 믿음으로 형성된 가치관으로 일곱 가지 실천 항목을 행동으로 옮겨라. 첫째, 감정을 정복하라. 부정적 감정을 긍정적인 감정으로 바꾸고 그 양과 질을 확대하라. 긍정적 감정을 의식적이면서도 일관되게 생활 방식에 적용시켜라. 둘째, 신체를 정복하라. 운동을 할 수 있는 좋은 몸매와 인체의 모든 기관이 잘 작동하는 건강을 동시에 가꾸어라. 셋째, 부부관계를 정복하라. 매일 부부관계를 개선하고 이를 최우선으로 두라. 부부관계는 받는 것이 아니라 주는 것에 의해서 지속된다. 넷째, 경제력을 정복하라. 진정한 부는 가치 없는 일을 고부가 가치로 바꾸는 것이다. 모든 부는 마음에 달려있으니 더 가치 있는 사람이 되어 부를 창출하고 유지하라. 다섯째, 행동을 정복하라. 최고원칙과 규칙에 따라 살며, 매일의 감정도 기록하라. 여섯째, 시간을 정복하라. 중요한 일을 먼저 처리하고, 참고 경험을 넓혀라. 마지막으로, 휴식과 놀이를 즐겨라. 바쁜 일상에서 쉬는 시간은 반드시 필요하다. 이 과정을 일상생활에서 반복하면 자신의 긍정적 변화는 확고하게 자신의 것이 된다.

4. 새로운 미래를 열며

이제 자신 내면의 결단과 믿음으로 높아진 가치관은 자신의 미래를 만든다.

우리는 자기 내부의 세상을 스스로 통제할 수 있음을 알았다. 바로 내면의 결단과 믿음이 내부 통제의 힘이다. 결단과 믿음은 자신의 올바른 가치관을 만들어 낸다. 이 가치관으로 자신의 내부 세계를 통제하면 누구나 올바른 결정을 내릴 수 있다. 이제 이러한 결정을 행동으로 옮기면 자신의 행동이 외부 환경에 영향을 미치게 된다. 이제 당신은 외부 환경에 영향을 미치는 작은 영웅이다. 영화의 주인공처럼 한 명의 영웅이 세상을 바꾸는 것은 아니다. 높은 가치관과 따뜻한 인간애를 지닌 세상의 모든 영웅들이 모여서 더 나은 세상을 만들어 낸다. 그 수많은 영웅들 사이에서 자신이 중심임을 기억하라. 당신 주변의 사람들에게 긍정적 변화의 가능성을 선물하라. 이 선물을 받은 사람들은 세상을 바꾸는 또 다른 영웅이 될 것이다. 이러한 행동들은 연쇄 반응을 일으키면 반드시 새로운 세상은 열릴 것이다.

나의 후기

당신의 마음이 변화의 중심!
자신에 대한 믿음이 가장 확실한 변화를 이끌어낸다.

스티븐 코비가 파산했다. 『성공하는 사람들의 7가지 습관』을 세상에 던져놔 단숨에 베스트셀러 작가가 된 그였다. 이유를 물었다. 대답은 간결했다. "내가 쓴 대로 살지 않아서"다.

'승리'와 '모든 것 갖기'란 개념이 휩쓸고 지나갔던 때가 있다. 1980년대 중반 미국에서의 일이다. 상업적 교환에 바탕을 둔 공적 논리가 개인의 사적 영역에 대한 해결책으로 제시되는 책들이 서점가를 달구기 시작했다. 이후 30년 자기계발서 시장은 가히 폭발적으로 늘어났다. 그런데 과연 그 시장의 크기만큼 개인의 성공

크기도 늘어났는가. — [이데일리 오현주 기자] 2011. 8. 12

현재 우리는 성공을 위한 길을 가기 위해 자신을 끊임없이 계발하고 있다. 그런 과정에서 자연스럽게 자기 계발서들은 봇물 쏟아지듯 터져 나왔고 베스트셀러의 상당 부분을 차지한다. 심지어는 자기 계발서를 읽지 말라는 자기계발서마저 출간이 되고 있다. 이렇게 자기 계발에 대한 필요성과 개인의 욕구가 점점 커지고 있다.

자기 계발이란 경제적 성공만을 의미하는 것은 아니다. 진정한 자기 계발이란 자신의 긍정적 변화, 인간성의 발전을 통해 자신의 미래와 사회의 발전에 기여하는 것이다. 이런 의미에서 자기 계발서들은 나태해진 인간의 정신무장을 더욱 철저히 하게 해준다. 대부분의 자기 계발서에는 선인의 명언들이 들어 있다. 또한 그들의 성공담과 더불어 실패담도 포함되어 있다. 이런 명언들을 가슴에 새기고, 성공담을 통해 희망을 갖고, 실패담을 통해 자신의 실수를 최소화하게 해 주는 것 또한 자기 계발서의 역할이다.

자기 계발서를 읽은 이들이 모두 긍정적 변화의 성공경험을 하는 것은 아니다. 책 속에서 찾은 정보를 실행한 사람들이 자신의 원하는 모습의 변화를 창조한다. 나 역시 『네 안에 잠든 거인을 깨워라』를 읽고 점점 내면의 힘을 믿고 서서히 변화하는 자신을 발견한다. 나는 내 안의 긍정적 변화는 이웃과 사회의 긍정적 변화까지 이끌어낼 것이라 믿고 있다.

"성실하고 사심 없는 기여의 힘을 배운 사람만이 인생의 깊은 즐거움—진정한 충족감—을 맛볼 수 있다." — 앤서니 라빈스

『성학집요』 - 이이

성리학을 바탕으로 도를 터득해 자신과 가정과 나라를 다스려라. 임금께 글월을 올려 자신의 충심이 담긴 성리학을 집대성한 이 책을 통하여 임금이 보다 안정적인 국가를 이끌어 나가길 바란다. 임금이 이 책을 읽기 수월하도록 독서 방법을 쉽게 설명하고 도를 터득하는 과정을 개인과 가정과 나라의 순으로 설명한다. 가장 먼저 도통의 기본은 자신의 수양에 있음을 명심하라고 한다. 자신을 수양하는 것도 순리와 절차가 있으니, 선인의 말을 들어 자기 수양의 중요성을 강조한다. 그다음 자신이 수양이 되면 가정을 평화롭게 다스리는 것은 나라의 다스림과 같으니 절차와 옳은 방법으로 가정을 순리적으로 다스리길 바라고 있다. 연후 가정을 다스림과 마찬가지로 국가를 통치하는 순리와 방법에 대하여 임금에 간언을 올리고 있다. 마지막으로 수신제가 치국을 통하여 선인의 도를 닦아 후손 만대에 그 덕을 펼치길 바라는 마음을 아주 잘 드러내고 있다.

1. 임금님께 올리는 신하의 진심 신, 이이가 임금님께 치국의 도를 정리하여 올리오니 성현의 길을 나아가십시오

학문을 익힐 때는 널리 배우고 깊이 배워야지 요약하면 안 됩니다. 하지만 방향이 잘 잡히지 않을 때는 요긴한 방법을 쓸 때도 있습니다. 이에 사서육경과 선현의 학설, 역대의 역사서를 요약 정리하여 임금님께 이 글을 올립니다. 진심 어린 마음으로 제왕의 길을 갈 수 있도록 정리하였고 범례도 작성하여 올려 드립니다.

국가의 안녕과 백성의 안위를 먼저 살피는 왕이 되기를 바랍니다.

2. 수기(修己) - 자신을 수양함

곧은 뜻을 세우고, 행함으로 앎에 이르고 알게 되어 행함에 이른다.

『논어』에는 도에 뜻을 두어야 한다고 했다. 『횡거문집』에는 하늘과 땅을 위하여 마음을 세우고 백성을 위한 도, 성인을 위하여 끊어진 학문의 계통을 잇고, 온 세대를 위하여 태평을 연다고 했다. 주자는 어짊에 뜻을 두면 악이 없다고 했다. 정자는 나라의 운명을 보전하고, 장수하는 것, 성인에 이르는 것은 사람이 할 수 있다고 했다. 성취하지 못하는 것은 뜻이 서지 않았기 때문이라고 이이는 말하고 있다. 이렇듯 바른 뜻을 세우는 것이 먼저이다.

경건이란 성인이 되기 위한 학문의 시작이자 끝이다. 주자와 정자는 바른 자세로 행동하는 것이 중요하다고 했으며, 『시경』, 『예기』, 『주역』을 인용하여 말하기를 조심히 하라고 한다. 맹자는 학문하는 방법을 놓아버린 마음을 찾는 것에 있다고 했다. 『정씨유서』에서는 학문을 나아가는 길은 앎을 끝까지 추구하는 데 있다고 한다. 뜻을 세우고 마음과 행동을 바로잡은 후 한 사물에 하나의 이치를 탐구하여 끝까지 밝히는 격물치지의 자세가 필요하다. 공자는 배우기만 하고 생각하지 아니하면 얻는 것이 없고 생각만 하고 배우지 않으면 위태하다고 했다. 실제에 쓰이기 위한 독서의 참맛은 몸에서 먼저 찾고 책에서 찾아야 도를 깨닫는다고 한다.

독서의 참맛을 알기 위해서는 글 읽는 방법을 알아야 한다. 사서를 읽는 방법에는 강령이 좋아 일상에 절실한 『소학』을 읽고 처음 배우는 사람에게 좋은 체계가 잡힌 『대학』을 읽어라. 연후 『논어』와 『맹자』는 도에 이르는 길을 제시해 줄 것이다. 다음 옛사람의 미묘한 뜻을 탐구할 수 있는 『중용』을 읽어라. 『육경』은 순환적으로 이해하여야 한다. 역사서는 역사적 행동의 큰 원칙을 보고 세세한 행동을 살펴, 착한 것을 본받아라.

사물의 본질을 아는 것이 궁리이다. 인, 의, 예, 지, 신은 인간의 본성이며, 칠정(희, 노, 애, 구, 애, 오, 욕) 중 사단(측은지심, 수오지심, 사양지심, 시비지심)은 선한 감정의 드러남이니 자연의 실제는 원형이정이요, 결국은 하나이다.

이렇듯, 궁리한 후에 몸소 실행하는 성실을 찾아야 한다. 공자는 남을 위해 공부하라고 했고, 중용에서 성실은 사물의 끝이며, 처음이라 하였다. 맹자는 성실한 것은 하늘의 길이며, 성실하려 하는 것은 인간의 생각이라 했다. 뜻을 성실하게 하는 것은 자기를 수양하고 남을 다스리는 근본이 된다고 이이는 말했다.

성실히 학문을 하다 보면 치우친 기질을 바로잡아 본성을 회복한다. 공자 왈 '성품은 비슷하나 습관이 서로 멀다'라고 했다. 자기 극복을 통하여 인을 행하는 것이 기질을 바로 잡는 방법이다. 이렇게 기질을 바로 잡은 후에는 의지와 기운으로 혈기를 북돋워 양기를 길러야 한다. 연후, 경건의 끝인 정심은 함양과 성찰을 통해 성실을 보존함으로 이루어진다. 또한 몸가짐을 바르게 하는 공부를 하여 위의와 행동거지를 바르게 하고 게으름을 경계하는 것이 검신이다.

다음이 덕으로 도량을 넓히고, 공평한 도량을 넓히는 것이 회덕량이며, 바른 선비와 친하게 지내고 그들의 충고에 따라 잘못을 고치는 것이 보덕이다. 보덕을 쌓은 후 바른 말로 돈독하게 행하며, 게으름을 멀리하라. 이렇게 행함으로 말미암아 앎에 이르면 안부터 시작해서 겉으로 이르는 효험을 느끼고, 성인과 신인의 도를 깨닫게 된다.

3. 정가(正家) - 집안을 바로 세움

집안을 바로 다스리는 데도 반드시 절차가 있다.

자신을 다스리는 것은 세상을 다스리는 근본이며, 세상을 다스리는 법도는 집안을 다스리는 것이다. 단정하고 성실한 근본과 선한 법도는 친족을 화목하게 한다. 집안을 교화하지 못하면 남을 교화할 수 없다. 집안을 바르게 다스리는 도리는 인륜과 질서를 바로잡고 은혜와 의리를 두텁게 하는 것이다.

가장 먼저 해야 할 일은 부모님 살아 계실 제와 돌아가신 뒤와 제사를 지내는 도리를 아는 것이다. 또한 자식 된 도리로 자신의 몸을 지키는 것과 효를 세상에 펼쳐 나감이 효경의 기본이다. 다음이 아내가 선을 본받고 악을 경계해 바르게 하도록 하여야 한다. 부부의 예가 바르면 자식 교육은 나이에 맞는 순서를 지켜 나가면 된다. 친지들과 화목하게 지내고 사람을 대할 때는 안팎의 분별에 근엄하여야 한다. 이제 절약하고 검소한 것은 공손한 덕이요, 사치는 악이다. 이렇듯 순서에 따라 집안을 바로잡으면, 좋은 풍속이 세상에 퍼져 세상이 교화될 것이다.

4. 위정(爲政) - 정치를 행함

나라는 집안을 유추한 것이니 정치를 행하는 데는 근본이 있고, 규모가 있으며, 차례가 있다.

임금은 만물의 부모이니 중심을 세워 덕을 닦는 것이 정치의 근본이다. 임금은 신중한 일 처리로 백성에게 신용을 얻고, 근검절약하여 백성을 아끼며, 교육하고 국토방위를 하는 것이다. 나라의 중요성은 백성의 신용과 국토방위와 백성의 생계 순이다. 정치의 아홉 가지 보편적 원칙은 성실로 시행되어야 한다.

사람을 쓸 때는 그가 편안히 하는 것을 관찰하여 소인과 군자를 분별해야 한다. 군자는 조화를 이루지만 동화되지 않으니, 현명한 사람을 길러 백성에게 혜택이 가도록 하여야 한다. 소인은 교언영색으로 정치를 혼란하게 하니, 지혜롭고, 용기 있으며, 어진 인재를 등용하고 그를 예로 공경하고 친애하고 신임하라.

뭇 사람마다 저마다의 지혜가 있으니, 이를 취합하고 판단을 정확히 하여 중도를 얻는 것이 취선(取善)이며, 식시무란 큰일을 처리할 때 시급한 일 중에서 절실한 일을 먼저 취하는 것이다. 변화를 아는 것은 어렵지만, 반드시 변화를 취하여 세상을 다스려야 한다.

인정이란 선왕의 도이니 어진 마음을 정치에 베풀어라. 학문이 밝고 행실이 고상하며 재능과 식견을 겸비한 선비로 하여금 보좌하게 하는 것 또한 선왕의 도를 실천하는 것이다. 자식이 부모를 섬기듯 임금은 하늘을 지키어 공경하고 두려워해야 한다. 편안할 때 위태함을 경계하고, 존속할 때 망함을 잊지 말며, 평화로운 시기도 어지러운 때를 잊지 않는 것이 환난을 예방하는 길이다.

기강은 나라의 운명을 결정하니, 임금은 사사로운 마음 없이 기강을 세워 현명과 불현명을 구분하고 죄와 공을 따져 상벌을 공정하게 해야 한다. 국가의 원기인 기강을 바로 세운 후, 나라의 근본인 백성을 편안히 해야 한다. 임금과 백성은 서로 필요하니, 만백성을 두려워하되 사랑하라. 백성의 세금과 부역을 가볍게 하고 정의와 이익을 변별하여 형벌의 도리를 지켜라. 또한 백성의 생업과 가정 부양에 해가 없도록 하고 군사 정책을 정비하여야 한다.

이렇듯 덕과 예로 다스려진 백성은 선에 이르게 되고, 예에 따라 교육을 바로잡아 학교를 일으켜 선비의 습성을 바로잡으면 선과 악을 구별할 수 있게 된다. 그렇게 하면 제사의 법도까지도 바로 잡을 수 있다. 정치를 이러한 순서로 하게 되면 어짊이 온 세상을 덮을 것이며, 덕이 천심과 만나 그 혜택이 후손 만대에 이를 것이다.

5. 성현도통(聖賢道統) - 성현의 도와 맞닿음

하늘을 계승하고 표준을 세워 한 시대를 잘 다스리는 것이 성현의 도와 통하는 것이다.

도통은 인심을 근거로 천리를 바탕으로 하였다. 도통은 선대로부터 이어져 온 것이다. 복희씨에서 도통의 전승이 주공으로 이어지고 요순우 임금과 탕문무왕으로 이어졌다. 먼저 자기를 수양하고 남을 다스리는 실제 자취가 나타난다. 공적과 효과를 살펴보고 실제 자취를 상고하면 무엇을 따라야 할지 알 수 있다. 하지만 공자의 도통은 맹자에서 끊어졌고, 주자 때 크게 일어 정자, 장자로 이어졌다. 천하 혼란기에 성인이 나타나 군주와 스승의 책임을 맡았으니 임금께서도 도에 뜻을 두어 요와 순을 본받아 배움으로 선을 밝히고 덕으로 성실히 해 자기를 수양하고 남을 다스려 도를 크게 전하는 도통의 전승에 편승하길 바랍니다.

나의 후기
제목 : 뿌리 깊은 남간 바람에 아니 뮐쇠!
모든 사람은 언제 어디서나 성인이 될 수 있다.

[사극 '뿌리 깊은 나무'에 비친 대한민국 정치] "지금은 왜 세종 같은 지도자 없나"

소통부재, 공권력의 폭력, 양극화 문제 등 현실과 흡사

"지랄하고 자빠졌네." 세종의 한글창제와 이를 막으려는 사대부의 갈등을 새로운 해석으로 다룬 SBS 수목드라마 '뿌리 깊은 나무'에 나오는 대사의 한 대목이다. 배우들의 뛰어난 연기력과 파격적 대사가 연일 화제다. 드라마의 인기비결에는 또 한 가지 요인이 있다. 600여 년 전 조선의 모습이 현재의 대한민국 정치현실을 비추는 거울 역할을 톡톡히 하고 있기 때문이다.

가진 자(사대부)와 못 가진 자(백성)의 양극화, 문자를 둘러싼 소통의 문제, 목적을 위해서는 살생(폭력)마저 마다치 않는 모습, 백성을 근본에 두는 지도자의 리더십 문제 등은 여전히 숙제로 남아 있다. (중략)

그런데 세종의 이 대사가 방송을 타던 날 절묘하게도 서울도심 한복판에서는 한미 FTA(자유무역협정) 비준안 반대 집회를 하던 시위대를 향해 경찰이 물대포를 발사한 사건이 발생했다. 영하의 날

씨에 시위대를 향한 물대포 발사는 '살인행위'라는 비난이 거셌고, 특히 세종의 '겨우 폭력이라니'라는 대사가 오버랩되면서 화제가 됐다. (중략)

"글자는 무기다."

백성들과의 소통을 위해 한글을 창제하는 세종의 모습과 이를 막으려는 사대부와 밀본의 모습 역시 현재의 정치현실과 흡사하다. 이는 특히 새로운 소통 수단으로 급부상한 SNS(소셜네트워크서비스)에 대한 기득권층의 우려와 제재 움직임과 닮은꼴이다. 극중에서 한글은 소통의 상징이다. 이를 뒤늦게 깨달은 밀본의 본원 정기준은 이렇게 말한다. "글자는 무기다. 칼보다 창보다 유황보다 무서운 무기다. 사대부가 사대부인 이유는 양반집에 태어나서가 아니라 글을 알기 때문에 사대부인 것이다. 그런데 모두가 글자를 읽고 쓰게 된다면 조선의 질서가 무너지기 시작할 것이다." (중략)

"생생지락을 맛보고 싶다."

드라마 속 세종의 소통법은 고 노무현 대통령과 비교되기도 한다. 한글 창제의 필요성을 설득하기 위해 각계각층과 경연을 벌이는 모습이나 특유의 서민적이고 소탈한 화법 때문이다. 하지만 이것보다 더 중요한 것은 세종의 통치철학이다. — 내일신문(2011. 11. 28)

어찌 역사의 큰 인물인 세종을 저 짧은 글과 드라마로 표현할 수 있을 것인가? 그는 진정한 성인이자 군주이자 우리의 아버지였다. 백성들을 자식처럼 아끼는 세종이야말로 현대 우리의 정치인들이 가장 먼저 본받아야 할 성인일 것이다. 그렇다면 나라를 다스리는 정치인들만이 성인이 되어야 하는가?

정답은 아니다. 자신의 몸과 마음을 다스리는 개인도, 가정을 이끌어 가는 한 아버지와 어머니도, 그리고 아이들도 모두 성인의 도를 깨우치려 노력하고 그 도를 이웃과 세상으로 펼쳐 나가야 한다. 기업을 운영하는 사람들 역시 성인의 도를 깨쳐야 한다. 성인이란 역사에 남는 위대한 사람들만이 아니다. 자신의 마음의 묵은 때를 벗고, 올바름과 덕을 찾아가는 모든 사람들이 모두 성인과 도통한 것이다. 행복한 가정 또한 성인의 도와 다를 바가 없으며, 1인 기업부터 대기업까지 일하는 사람들이 만족하며 일의 즐거움과 행복을 찾을 수 있게 해 주는 기업인도 성인과 도통한 것이다.

우리는 갓난아기를 성인과 같다고들 한다. 이는 필시 세상의 때를 타지 않은 이유일 것이다. 하지만 자라면서 세상의 묵은 때에 몸과 마음이 더럽혀지기에 점점 성인과 멀어진다. 이제는 우리가 성인이 되도록 노력해야 한다. 근본을 세워 자신을 사랑하고, 가족을 사랑하며, 이웃을 배려하는 것이 성인의 삶이다. 모두가 자신의 삶을 사랑하고, 가정의 안위와 기업의 성공과 국가의 번영을 이루어나갈 때이다. 옳고 그름을 판단하여, 인간의 도리만 생각한다면 그것이 성인과 도통하는 것이리라. 이렇듯 성인과 도통하는 것은 누구나 언제 어디서나 해낼 수 있는 쉬우면서도 멋진 일이다.

땅속에 뿌리 깊이 박혀 있는 나무는 어떤 비바람이 몰아쳐도 흔들리지 않는다. 설령 부러질지언정… 부러짐은 죽음이요, 세상과의 이별이다. 하지만 인간은 자신의 도리를 위해 타협하지 않는 신념을 가질 수 있다. 우리는 뿌리 깊은 나무가 될 수 있음에 틀림없다.

언제나 바람은 분다. 나무는 잠시 흔들리지만, 뿌리를 옮겨 다니진 않는다.

'택시 운전사'

종일 놀다시피 하면서 아이들과 시간을 보냈다. 제대로 놀지도 못했다는 말을 이렇게 빙 둘러 말할 뿐이다. 오랫동안 가지 않은 영화관으로 향했다. 영화를 보기 전 아이들과 오락실 게임인 '철권'을 했다. 아이들에게 가볍게 패했다.

— 무슨 영화 볼 거야?

— 아무거나.

정훈인 뭘 봐도 상관없다는 말투였다.

— '택시 운전사'요

훈서의 말에 살짝 기분이 좋아졌다. 어릴 때부터 액션 영화를 너무 많이 보아온 탓에 정적인 영화는 안 볼 거라 예상했는데, 아버지는 아이들의 성장을 따라갈 수 없는 듯하다. 팝콘을 샀다. 영화관에 앉으니 광고가 제법 나온다.

'아, 이래서 ….'

경제 논리는 이 세상 어디에서 작용한다.

"'택시 운전사' 마산에서 촬영했다. 전에 아버지 촬영하는 거 본 적이 있지."

"진짜요? 어디서요?"

"회원동에 학생 데려다주고 오는데 찍고 있더라고."

— 그는 그랬다. 우유부단하면서도 인정 많고 선했다. 그냥 그렇게 속물적으로 살아가지만, 충분히 그럴 이유가 있다. 하긴 세상 누구나 그런 이유가 없다면 이 세상을 무슨 낙으로 살겠냐마는. 각자의 삶의 이유는 그 삶을 이끌어가는 원동력이다. 그도 그랬다. 그랬기에 무턱대고 타인의 이익을 가로챘다. 그랬기에 그는 자신의 진정한 인간성을 회복했다.

가볍게 웃고 넘어가는 장면들이 많았다. 웃음도 살짝. 내가 일곱 살 때 저 산 너머에서 벌어진 일을 어찌 알았을까? 영화에 나오듯 순천 사람들도 모르고 사는 그런 세상. 진실 없는 언론, 아니 왜곡된 언론이 얼마나 사람을 무지하게 하고 병들게 하는지 다시 살피는 기회가 되었다. 그리고 나는 어떤 글을 쓰는가에 대하여도 다시 생각했다. 병신이다.

그의 선택을 하나씩 생각해 본다. 모든 그의 선택에 박수를 보낸다. 돌아가야 하는 상황, 아니 돌아가지 않으면 안 되는 상황. 그리고 잠시 포기하면 차라리 더 나은 상황. 오히려 몰랐기에 더욱 황당했던 상황들. 그리고 그의 마음. 사실을 접하고서 그는 변한다. 아니 변해가는 자신을 발견한다. 왜 인간은 변할까? 그 짧은 시간에 어찌 자신의 긴 삶의 여정을 바꿀 수 있을까? 눈앞의 진실이 자신을 변화시켰을까? 그 모든 상황에 내가 들어간다면 나는 어떤 선택을 할 것인가? 그리고 지금 나는 바른 선택을 하면서 살아가고 있는가? 아직도 나는 나를 중심으로 생각하며 살아가는 소시민으로, 변하기 전의 그의 모습으로 지금을 살아갈지도 모른다. 아니 그렇다. 그렇다면 내게 어떤 충격의 순간이 온다면 나는 변할 수 있을까? 그리고 그 순간, 나의 선택은 어떠할까? 예측하지 마라. 그 순간을 내가 만나지 않으면 나의 진실을 스스로 알아낼 수가 없다. 혓바닥만 간지러울 뿐이다.

위르겐 힌치 페터가 한국에 온 진짜 이유는 무엇일까? 진실을 위해? 편안한 세상에 진절머리가 나서? 잠시 고민을 했다. 그리고 충격적인 현실을 맞이하고서 그는 과연 어떤 생각을 했을까? 그의 투철한 기자정신이 이 나라의 숨은 불편한 진실이 드러나게 한 것일까? 아니면 인간으로서의 양심이었을까? 진실은 묻혀서도 묻을 수도 없다는 사실은 확실하다.

수많은 사람들. 순박하면서도 너무도 모르는 그들. 아니 알 수조차 없던 그들은 왜 그리 무기력하게 당했을까? 수많은 사람들 속에 그들과 그녀들이 등장한다. 복잡하면서도 단순한 삶, 현실을 부정하면서도 부정하지 않는 삶의 모습에서 나는 무엇을 찾고 싶었을까? 그들이 베푸는 선은 그들을 위한 것일까? 타인을 위한 것일까?

제법 웃기도 했고, 눈물도 제법 흘린 영화였다. 내가 그들이 된다면 나는 어떤 선택을 할까? 혓바닥으론 당연히 정의로운 선택을 했을 것이다라며 떠벌릴 것이다. 하지만 진정한 나의 모습은 그 순간을 살지 않았기에 여전히 알 수 없다.

'베테랑'

영화에서 그가 말했다.

"문제를 삼지 않으면 문제가 아니지만, 문제 삼으면 문제가 된다고 했어요."

현실에서는 이렇다.

"아무 문제 없는 문제를, 문제 삼을 수 있어야 능력은 삐딱한 질문 능력이고, 문제가 된 문제를 해결할 수 있는 능력이 진짜 창의적 능력이다."

쓰기의 압박

늘 글을 쓰는 사람에게도 글쓰기란 쉽지 않은 법이다. 물론 내가 늘 글을 잘 쓴다는 말은 아니다. 늘 쓰고 싶은 사람일 뿐이다. 나는 쓰기보다는 말을 많이 한다. 웬만하면 머리로 생각하고 입 밖으로 훌훌 뱉어버리면 그만이기에 말이 훨씬 쉽다.

그런데 우습게도 영어는 말이 쉽지 않다. 왜 그럴까? 우리가 영어를 못해서가 아니라 할 말이 없기 때문에 영어가 어렵다는 생각을 해 본 적은 없는가? 말하기는 글쓰기보다 훨씬 어렵다. 평소 우리가 하는 말이 얼마나 엉터리가 많으면 글보다 말이 쉽다고 생각하는 것일까?

글을 쓸 수 있다면 말을 할 수 있다. 말을 할 수 있다면—그 말이 제대로 된 말이라면—글도 쓸 수 있다. 생각을 정리할 수 있는 잠시의 시간이라도 가질 수 있는 호사를 누리는 글쓰기가 제대로 된다면, 타인의 마음을 움직일 수 있는 말하기는 저절로 될 것이다.

글쓰기가 부담스럽다는 것은 그만큼 연습이 부족하단 의미이다. 그런데 아직도 나는 말이 쉽다고 느껴지는 이유는 무엇일까? 아마 편협한 생각으로 의미 없이, 두서없이 그리고 내 마음대로 쏟아내는 말에 익숙해져 있기 때문일 것이다. 그런 세 치 혀로 얼마나 많은 이들의 마음을 아프게 했을까?

다시 글을 열심히 써내려가고, 수없는 연습을 해야겠다. 글이 엉망이라면 나의 말하기는 더욱 엉망일 것이다. 글쓰기에 더욱 매진해야겠다. 오늘도 하루는 잘도 지나버렸다. 나는 오늘 무엇을 남기며 시간을 보냈는가? 나는 오는 무슨 생각을 남기고 무엇을 기록하며 시간을 보냈는지 한번 되돌아보아야겠다.

완전한 나만의 세상, 글

수없이 많은 글이 쏟아져 나온다. 물론 나 역시 수없이 많은 글을 쓰는 사람 중 한 명이며, 얼토당토않은 말을 지껄이기 일쑤다. 너무 많은 글이 있어 때론 헷갈리기 마련이다. 그리고 그 수많은 글은 돌고 돈다. 찾고 찾아가보면 그 말이 그 말이다. 나 역시 그런 사람이다. 그래도 글에는 자신의 생각이 담겨있어야 한다.

좋은 정보와 좋은 지식이 우리 삶에 큰 도움이 되는 것은 확실하다. 좋은 정보란 삶의 변화를 감지할 수 있는 힘이며, 좋은 지식이란 삶의 방향을 잡을 수 있는 키와 같다. 또한 그런 지식과 정보가 내 삶을 윤택하게 해 주는 것도 사실이다. 하지만, 여전히 우리는 우리 스스로 생각할 수 있는 힘을 잊고 사는 듯하다. 스스로에게 물어보고 스스로가 그 풀이 과정을 찾아가는 것이 인생이다. 타인의 생각은 작은 도움에 불과한데, 우리는 타인의 생각에 무작정 따라가려고만 한다. 유명한 누군가의 말을 인용하여 자신의 말을 정당화해야만 말과 글이 가치를 가진다고 생각한다. 내 생각이 그렇다면, 내 생각을 뒷받침하는 그 믿음이 왜 나에게서 나오면 안 되는 것일까? 독단과 독선에 빠진다는 오류 때문일까? 내가 그 사람만큼 인정받지 못하기 때문일까? 그렇다면 우리가 인정하는 사람은 누구인가? 스스로를 믿고 인정하지 못하면서 타인의 가치를 내 삶의 가치로 받아들이는 것이 더 낫다는 것일까? 늘 고민해보는 부분이지만 쉽게 세상과 동조할 수 없다. 아직도 나는 나의 고집대로 살아도 지장은 없지만, 그리 편하지도 않다. 세상과 타협하거나 동조해야 삶이 나아진다는 것도 우습지만, 그렇지 않으면 삶이 그저 그렇다는 사실도 우습다. 우리의 글도 이와 다를 바 없지 않은가?

그렇다면 나는 무엇을 쓰고 싶은가?

알지도 못하면서도

인간의 자유는 어디에서 시작해서 어디까지인가? 인간이 자연으로부터 자유롭고, 신으로부터 자유롭고, 지배계층에서 자유로워지는 것은 과연 가능한가? 학문과 과학기술이 발달하면서 인간은 자연 법칙으로부터 어느 정도 자유로워졌고, 때론 자연을 지배하며, 때론 자연과 더불어 살아간다. 신의 영역을 넘보고, 때론 신 따위는 부정하며, 때론 신과 조화를 이루며 살아간다. 때론 신 따위는 없다고 생각하며, 때론 신과 조화를 이루며 살아가는 존재이다. 사람은 두뇌를 활용하여 기술을 발달시켰고, 그 기술로 자연과 신으로부터 자유를 얻었다. 물론 아직도 자연과 신의 지배를 받거나, 더불어 살아가고자 자청하는 사람들도 무수히 많다.

자연과 신으로부터 자유를 얻은 인간은 새로운 지배자를 만나게 된다. 바로, 사람. 사람이 사람의 지배자로 떠오르는 것이다. 하지만, 인간은 자연과 신을 능가하는 인간의 음흉한 지배를 받으면서, 독립된 존재의 가치를 추구한다. 결코 타자의 지배를 원하지 않는 자유의지를 불태우는 존재가 인간이다. 그렇게, 사람은 사람의 다스림을 벗어나거나, 사람을 다스리며 살거나, 사람과 함께 살아간다. 그렇게 사람은 세상과 더불어 살아간다. 하지만, 시간은 인간이 유일하게 벗어날 수 없는, 결코 이길 수 없는, 절대적인 지배자이다.

현대인들은 시간의 감옥에서 벗어날 수 없다. 자연의 시간 따위는 잊은 지 오래다. 시간, 분, 초 단위로 시간을 쪼개어 시간을 맞추고 그 시간에 스스로 속박되어간다. 자연의 시간과는 다른 스스로가 정한, 아니 어쩌면 인간이 인간을 다스리기 위해 만들어낸 시간의 개념 속에 맞춰 살아갈 뿐이다. 아침 기상 시간도 정해지고, 점심시간도 정해진다. 누가 시간에 제목을 붙이는가? 특정 시간에 어떤 일을 하던 인간은 그 일을 할 자유를 누릴 수 있어야 한다. 그러나 현대인은 그 따위의 자유는 찾을 수 없다. 나 혼자 찾은 시간의 자유도 세상의 시간에 맞출 수밖에 없다. 결국 어느 누구도 시간으로부터 자유로울 수 없는 억압에 갇혀 있다.

존재의 인식도 시간과 깊은 관계가 있다. 내 눈앞에 보이는 사물이 존재한다는 것을 어떻게 알 수 있는가? 그 사물이 천천히 내 주변을 돌아간다고 생각해보라. 물론 눈에 보이는 그 사물은 여전히 존재한다. 하지만 내가 인식할 수 없을 속도로 회전한다면 사물은 그만 사라지고 말 것이다. 결국 사물은 존재하지 않는 그것과 같다. 인간의 존재를 규정하는 것도 시간이며, 인간이 존재한다고 믿는 것도 시간이다.

태어나서 죽을 때까지 시간을 생각해보자. 현재 평균 수명인 80년은 긴 시간이다. 그러나 지구의 역사에 비하면 80년은 순간이다. 순간은 눈 깜짝할 사이보다 빠르다. 찰나의 시간을 다시 인간은 쪼개고 쪼개어 일 년, 한 달, 하루, 한 시간, 일 분, 일 초로 나눈다. 그리고 매 순간을 모아 늘이면서 자신의 존재가치를 확인한다. 이런 찰나의 80년을 쪼개는 이유는 너무도 순식간에 지나는 시간에 의미를 부여하기 위해서이다. 찰나의 시간도 의미를 부여하는 순간, 하나의 역사를 가진다. 그리고 존재했다는 가치를 지닌다. 그러나 현대인들은 기술의 시간에 묶여 자신의 시간을 잊고 살아간다. 진정 자신의 존재가치를 느끼는 시간을 살기보다는 기술과 데이터 속에 자신을 숨겨 시간의 지배를 받고 사는 연약한 존재임을 확인할 뿐이다.

이제 인간은 다시 독립된 존재로 자유의지를 불태울 수 있어야 한다. 자연으로부터 독립하고, 신으로부터 독립하고, 타인으로부터 완전하게 독립하길 원한다면, 반드시 자기 삶의 찰나에 의미를 부여할 수 있어야 한다. 이것이 완전한 독립과 자유로 나아가는 유일한 방법이다. 시간에 의미를 부여하는 것은 글이다. 글은 문자요, 문자는 그림이며, 그림은 존재이다. 이미지란 상상이며, 상상이란 그 모습을 떠올린다는 의미이다. 이것이 바로 존재의 가치를 확인하는 유일한 방법이다. 이제 글을 쓰자. 찰나를 남기는 유일한 방법이자, 내 존재를 확인하는 유일한 방법이며, 하루를 48시간으로 살 수 있는 유일한 방법이다.